KB071870

본캐가 2학년 담임입니다

정혜영 에세이

청어

본캐가 2학년 담임입니다

정혜영 에세이

"내년에도 선생님이 제 아이의 담임선생님이셨으면 좋겠어요!"

학부모 말씀 중 가장 감사한 말씀입니다. 학교와 아이들 속에서 청춘을 보내면서 아이들은 하루가 다르게 성장한다고만 생각했습니다. 아이들과 함께 교사도 성장해 간다는 사실은 잘 깨닫지 못하면서 말이죠. 20년 차 교사이지만 여전히 새 학기엔 긴장하고, 학기 말엔 껑충 성장한 아이들의 몸과 마음을 보며 뿌듯해합니다.

결국 아이들을 성장시키는 것은, 수많은 '교육이론'이 아니라 '관심'이라는 것을 현장을 통해 더욱 깊이 느낍니다. 교사가 되길 참 잘했습니다.

이 글은 20년 차 교사이자, 한 가정의 아내, 두

아이의 엄마로 살아가고 있는 2학년 담임 교사의 이야기입니다. 일과 자녀교육, 삶의 배움에 대한 일상의 고민이기도 합니다. 번잡스러울 때, 때로는 만 가지 해결책보다 조용히 들어주는 눈빛에 더 큰 위로를 얻습니다. 혼자만의 고민이 아님을 알게 될 때 더 위안을 받습니다. 제 이야기가 비슷한 고민을 하는 이들에게 공감의 편지가 된다면 더할 나위 없겠습니다.

*

책을 내는 데 망설이던 내게 용기를 주었던 남편에게 고맙다는 말을 전합니다. 앞서 행동하기를 절대적으로 꺼리는 사람이 성취 욕구는 남달라 대리만족이라도 하려는 것인지. 남편은 참 여러 방면으로 제 삶을 역동적으로 만드는 재주가 있는 사람입니다. 덕분에 책을 내었으니 절반의 공은 남편에게 돌립니다. 까다로운 저자를 인내하시고 멋진 책으로 내어 주신 '청어' 출판사에도 감사의 말씀을 전합니다.

교육이 '만남'이듯, 아이들과 교사의 더불어 성장 이야기가 독자들의 마음에 가닿아 솜사탕처럼 몽글몽글 피어나길 바라봅니다.

2021년 봄
이제는 나의 작업대가 된 화장대 앞에서

목차

척 보면 아는 눈을 경계한다

─믿는 대로, 기대한 대로 달라진다

"엄마도 애들 척 보면 다 알아?"

6학년 아들 녀석이 묻는다. 무슨 소리인가 했더니, 화상 수업에서 담임선생님께서 하신 말씀이란다. 선생님은 너희들, 척 보면 다 안다, 고 하셨단다. 학령에 걸맞지 않게 순수(?)한 아들녀석은 아직까지 선생님의 말씀을 진리로 알고 있다. 그러니, 이런 선생님의 말씀이 무서운가 보다. 선생님이 자기 속을 척 보고 다 아시면 어쩌나, 하고.

척 보면 다 안다

학교에 들어온 지 햇수로 20년째, 그전에 학생들을 만난 시기까지 합하면 20년도 넘으니, 이제 척 보면 알 때도 되긴 했다. 모 TV 프로그램에서는 10년이면 달인이 되어 따라가기 힘든 기량을 발휘하던데, 그렇게 본다면 20년은 아이들을 척 보면 딱, 하고 답이 나올 만한 세월이다.

그런데 실상 그렇지가 않다. 매년 아이들을 만나고 3월부터 학년이 끝날 때까지 일정한 교육과정에 따라 학교생활이 이어지기 때문에 과정은 익숙하기 마련이다. 그러나 아이들은 익숙하지가 않다. 당연히 익숙할 수가 없다. 한 인간의 존재가 '소우주'라는데 우주처럼 광활한 존재를 내가 어찌 다 알 수 있단 말인가.

안다고 착각했던 때도 있었다

3월 첫날 4시간 정도 만나보면 이 아이가 어떤 아이일 것 같다, 는 그림이 그려진다. 대체로 눈에

프롤로그

뜨이는 아이들이 더 선명한 그림이 그려지는 것은 물론이다. 거기에 전 학년도 아이를 이미 겪은 선생님의 '귀띔'이 가미된다면 아이에 대한 첫인상은 확증편향이 된다. 그렇지만, 이런 식으로는 아이의 넓은 우주와 만나기 어렵다.

피그말리온

알다시피 이 말은 '무언가에 대한 사람의 믿음이나 기대, 예측에 따라 실제적으로 일어나는 경향'을 말한다. 그리스 신화 속의 인물인 피그말리온에서 유래된 이 말은, 자신이 조각한 여성상을 진심으로 사랑하게 된 그를 가엾이 여겨, 미의 여신 아프로디테가 그의 소원대로 조각상을 진짜 인간으로 만들어 주었다는 이야기에서 나온 것이다.

이 말대로라면 어떤 아이더라도 아이를 둘러싼 세계가 그 아이를 바라보는 대로, 믿음대로 자라나게 할 것이다.

세상에 나쁜 아이는 없다

나쁜 아이는 어른이 만든 것이다. 아이가 나쁜 것이 아니라 아이의 나쁜 점을 바라보는 '나쁜' 어른만이 있는 것이다. 나도 사람인지라 미운 마음이 드는 아이도 더러 있다. 그땐 묻는다. 그 '아이'가 미운 건지, 그 아이의 '행동'이 미운 건지. 당연히 그 아이의 '행동'이 미운 것이다. 사람은 바꿀 수 없지만, 행동은 바뀔 수 있다. 미운 마음이 드는 행동은 어떤 원인에 대한 결과이다. 원인이 무엇인지 안다면, 결과는 얼마든지 달라질 수 있다는 말이다.

그래서 결국 나의 시선을 먼저 살핀다

아이를 바라보는 나의 시선에 다른 사람이 귀띔한 선입견이 끼어든 것은 아닌지. 원인을 보지 않고 결과를 보고 있는 것은 아닌지. '행동'에 눈이 가려 '아이'를 못 보고 있는 것은 아닌지.

그러므로 척 보면 아는 눈을 경계한다

아이들을 만나 온 지 20년이 넘었지만, 척 보면 아는 것처럼 느껴지기도 하지만, 그럴 때마다 나를 일깨운다. 네가 보는 게 전부가 아니라고. 여태 그래 왔지 않았느냐고.

학년 말이라 아이들 성적 처리하느라 정신없이 바빴다.

아이들 통지표 항목 중 '꽃'은 통지표 맨 끝에 위치하는 '행동특성 및 종합의견'이다. 아이와 함께한 일 년을 돌아보며 이 아이의 성격, 습관, 교우 관계 등 학교생활에서 보아온 면면을 떠올린다. 아이가 가진 좋은 점들을 모두 끌어모아 그 란에 꼭꼭심는다.

성격이 급한 아이는 '적극적인 아이'로, 수업 중에 유난히 다른 친구에게 관심이 많고 산만한 아이는 '호기심이 많은 아이'로, 오래 앉아 있는 것을 잘 못 견디는 아이는 '움직임 욕구가 왕성한 활동적인 아이'로, '둔갑'시킨다.

믿고 기대하는 대로 아이는 달라질 테니까.

둔갑한다고 썼지만, 실은 아이들의 본모습이 그런 것이다. 동전의 양면에서 어느 쪽을 볼 것인지는 바라보는 이의 선택이다. 어느 쪽을 볼 때 아이와 내가 둘 다 행복할 것인지, 답은 이미 나와 있지 않은가.

교실 바닥 좀 더러우면 어떤가.
아이 마음은 그것보다 더 엉망이었을 텐데.
전화를 마치고 동민이가 자른 종이 조각을 쓸어
모으면서 참 많이 자책했다. 상처받은 동민이의
마음 조각을 쓸어 담는 것 같아 많이 미안했다.
내일은 그 마음을 한 번 더 들여다보아야겠다.

1장

오늘도
학교 다녀오겠습니다

초등 2학년이
가장 듣고 싶어 하는 말

−잘하지 않아도 괜찮아,
지금 최선을 다하고 있으니까

설렘과 긴장

이 두 가지 마음은 새 학년 맞이 전날, 나의 모든 유년 시절의 기억 속을 채우던 감정들이다. 어른이 되고부터 긴장할 일은 늘고 설렐 일만 줄어드는 것 같아 아쉽다. 다행히, 교사인 내게는 여전히 어른이 되어서도 새 학년 전날의 설렘과 긴장감이 함께 한다. 교직에 발을 들여놓은 지 20여 년이건만, 새 학년을 맞이하기 전 내 온 마음은 이 감정들로 평상심에 균열이 인다.

이번에도 어김없이 일렁임은 찾아왔고, 가벼운 흥분감에 하루를 보낸 후 새 학년, 새 아이들을 맞았다. 이런 걸 20번 정도 겪은 나도 이런데 2학년 아이들은 얼마나 떨리고 긴장했을까. 2/3를 마스크로 가린 채 눈만 빼꼼 내어 놓은 조그마한 얼굴에서도 그 느낌은 고스란히 전달되어왔다.

코로나로 인해 작년 내내 공교육의 보살핌을 받지 못한 1학년 아이들이 2학년이 된다면, 그 아이들은 어떤 모습일까. 어린 학생들에게 일수록 시간이 미치는 영향력은 더 크기 마련이다. 1, 2학년 아이들은 무엇이든 빨아들이는 스펀지같다. 그런 아이들에게 1년이라는 시간은 '천둥벌거숭이'를 공동체 사회를 살아가는 '새싹 시민'으로 거듭나게 하는 놀라운 시간이다. 그 황금의 시간을 놓쳤으니, 걱정이 안 될 수 없었다.

내가 하는 말을 잘 알아듣기는 하려나? 한글은 제대로 떼었을까? 또래끼리 서로 의사소통은 할 수 있으려나?

매년 긴장보다는 설렘의 강도가 약간 더 앞서긴 했지만, 올해는 걱정이 더 앞선 게 사실이었다. 작년 한 해 동안, 등교일수가 적어 전반적인 아이들의 학습상태를 가늠하기 어려웠다. 잦은 화상 수업과 원격 수업으로 대체한 학교생활로 아이들은 또래 친구들과 제대로 어울릴 줄 아는 적응의 기회를 잃었다. 2학년 아이들에게는 올해가 본격적인 공교육의 시작일 지도 모른다. 이런 생각을 하다 보면 걱정은 눈덩이처럼 커진다.

'교육'은 '만남'이자, '실재감'

아니다. 걱정을 도리질해 치운다.

'교육'은 '만남'이다. '만남'은 '실재감'이다. 만나기 전에는 아무도 모른다. 어떤 일이 생길지. 너와 내가 어떤 에너지를 주고받을지, 어떤 시너지를 낼 수 있을지, 아무도 모른다. 만나보기 전에는.

긴장한 빛이 역력한 아이들의 눈동자가 시종일관 나의 표정과 손짓을 살핀다. 잘해 보려는 의욕이 앞선 학생들일수록 더 긴장하기 마련이다.

첫날, 간단히 자기를 소개하는 활동조차도 버거

위하며 울음을 터뜨리는 학생이 있었다. 올해 처음으로 과밀학급에 대한 보조교사 지원으로 함께 하게 된 협력 선생님께서는 깜짝 놀라 하셨지만, 나는 안다. 그 아이도 곧 적응할 것임을.

첫 만남의 긴장감은 아이의 몸속에서 복통으로, 또는 두통으로 올라오기도 한다. 마음 상태는 그대로 몸에 드러나기 마련이니까. 오늘 긴장감으로 잔뜩 쪼그라든 심장 주변 근육이 서서히 풀리기 시작하면 그 아이도 평상시의 해맑은 웃음을 자연스레 드러내 보일 거라는 것을, 나는 안다.

내가 너희들을 많이 만나보아 너희들 마음을 '아는' 선생이어서 참 다행이다. 근심과 걱정 때문에 드러난 너의 울음에 더 걱정스러운 눈빛으로 너를 대하지 않을 수 있어서. 괜찮다, 고 말해줄 수 있어서. 또 금방 괜찮아질 거라는 것을 알고 있어서.

이틀째 날에는 우리 반 이름 짓기를 했다. 아이들은 첫날의 긴장감을 날려버리고 내가 읽어주는 그림책에 눈을 반짝, 귀를 쫑긋하며 집중했다. 그리고는 그림책에 숨어있는 갖가지 보석 같은 '인성 덕목'을 발견해 주었다. 얇은 그림책 안에서 14~15가지의 덕목을 찾아내는 아이들에게 칭찬 샤워는 당연한 결과였다.

아이들과 나는 그림책을 통해 배운 덕목을 활용하여 '내가 바라는 우리 반'을 적어 내었다. 그래서 탄생하게 된 우리 반의 이름은, '행복하고 배려하는 정직한 2학년 ○반'이 되었다.

1학년을 공치고 올라왔으리란 걱정은 기우에 불과했다. 아이들은 알맞게 펼쳐진 배움의 운동장을 마음껏 넘나들었다. 손하트와 칭찬 멘트를 엄청 받고도 아이들은 할 말도, 궁금한 것도 많은, 호기심 화수분들이었다.

오늘은 아이들과 평소에 듣고 싶은 말과 듣기 싫은 말을 나누며 '나 전달법' 의사소통 말하기를 연습했다. 아이들이 듣기 싫어하는 말은 참 다양했는데, 듣고 싶은 말은 몇 가지로 모아졌다. "(그림을, 축구를, 공부를) 잘한다!, 친하게 지내자, 고마워." 대략 이 세 가지 정도였다.

이 결과로 알 수 있는 것 하나는, 아이들을 행복하게 하는 데에 여러 말이 필요하지 않다는 것이다. 다른 하나는, 우리 아이들은 '잘한다'라는 말에 참 많이 '길들여져' 있다는 사실이다. '잘한다'는 말을 들어야 제대로 칭찬받았다고 생각하는 것이다.

과정에 최선을 다했다면 잘하지 않아도 괜찮다는 것을 알게 하는 것. 이것을 올해 담임으로서 아이들에게 알려줄 최우선 목표로 정했다.

너희들은 '잘'하지 않아도 괜찮다. 너희들은 이미 최선을 다하고 있으니까.

가위질하는 마음

—아이가 종이를 조각낼 때는 이유가 있다

4교시, 짝 활동 시간이었다.

한 사람이 장면을 행동으로 보여주면 짝이 무슨 장면인지 알아맞히는 활동을 진행하고 있었다. 교실을 빙 둘러보고 있는데 동민(가명)이 머리 위에 하얀 뭔가가 반짝이고 있었다. 가까이 다가가 보니, 잘게 자른 종이 조각들을 머리 위에 뭉치로 올려놓은 것이었다. 동민이 책상 위에는 아침에 나눠 준 안내장 테두리를 가위로 잘디 잘게 가위질 한 조각들이 여기저기 널려 있었다.

"동민아, 이거 왜 자른 거야?"
"……."

대답이 없다. 대답을 안 한다는 것은 답하기 곤란하다는 뜻이다. 동민이도 빠져나갈 구멍이 필요할 것이다. 곤란한 상황에 빠진 아이를 다그치는 것은 하등의 도움이 안 된다.

"역할 놀이 소품이 필요했던 거니?"

전혀 소품으로 사용하려는 의도가 있어 보이지는 않았다. 활동과 관련 없는 것이었으니까.
그래도 동민이가 "네." 한다.

"그럼, 활동이 끝났으니까 이거 치우자."

머리에 소복이 얹어진 종이 조각들을 털어 주었다.

바닥에 떨어진 종이 조각들로 동민이 자리는 정신이 없었다. 깨끗이 치우고 점심 먹으러 가자고 해도 동민이는 대충 한 번 손으로 쓸어 담기만 할 뿐, 너저분하게 널려있는 조각들을 깨끗이 치우려 하

᳁ᳲᳲ 1장. 오늘도 학교 다녀오겠습니다

지 않았다. '자기 자리는 스스로 깨끗이' 하기는 우리 반 약속이다. 약속을 안 지키는 것 같아 재차 치우자고 했지만 웬일인지 동민이는 완강히 버텼다.

"동민이, 오늘 엄마하고 얘기 좀 해야겠구나."

했더니, 갑자기 동민이가, "으앙—!" 몸을 젖히며 울음을 터트렸다. 울먹울먹하는 소리에 하는 말이라 무슨 말인지 정확하진 않았지만, 엄마한테 말하지 말란 말인 듯했다. 청소를 마친 다른 아이들은 줄을 서서 점심 먹으러 가려고 오매불망 기다리고 있는데 선생님이 나오지 않고 있으니, 아이들은 밖에서 어수선해졌다. 엄마한테 말하지 않겠다는 말을 듣고서야 동민이는 한참만에 겨우 줄에 가서 섰다.

동민이는 몇 달 전에 전학 온 아이다. 1학년이라 해도 이상하지 않을 정도로 유난히 작고, 마른 체구이다. 처음 전학 온 날, 작은 체구의 아이가 유난히 움츠러든 표정이길래,

"동민아~ 만나서 반가워~ 너, 우리 반에 진~짜 전학 잘 온 거야. 선생님이 2학년 선생님들 중에 제일 좋은 사람이거든!"

하고 너스레를 떨었었다. 정작 웃는 모습을 보고 싶었던 아이는 웃지 않고, 함께 온 동민이 엄마, 아빠만 웃으셨다. 동민이는 표정이 별로 없고 (엄마 말씀에 따르면) 내성적이고 예민한 아이였다. 그래도 필요한 것이 있거나, 준비물을 가지고 오지 않은 날엔 내게 와서 스스럼없이 먼저 달라고 해서 그 정도로는 느끼지 않았었다.

그렇게 감정의 내색이 별로 없던 아이가 왜 갑자기 울음을 터뜨렸을까. 가위로 조각조각 잘라낸 안내장이 마음에 걸렸다. 아이들이 하교한 후, 동민이 어머니와 통화를 했다.

"어머니, 동민이가 스트레스가 있나 봐요."

조심히 건넨 한마디에, 어머니는 주말 동안 동

민이가 엄청나게 야단을 맞았노라고 하셨다. 반성문도 쓰고 손도 들고, 회초리까지 들었다고 하셨다. 수업 시간에 집중을 잘못하는 것 같다는 나의 말을 듣고 단단히 습관을 잡아줘야겠다고 생각하셨단다. 너무 오냐, 오냐 키웠더니 안 되겠다 싶어서 처음으로 크게 혼내셨노라고 하셨다. 선생님께서 다시 그런 말을 하시면 그땐 엄마가 너무 힘들어질 것 같다고까지 하셨단다.

내게서 '엄마랑…'이란 말이 나오자마자 동민이가 경기하듯이 울어버린 이유를 비로소 알게 되었다. 아이는 제일 사랑하는 엄마에게 처음으로 호되게 야단을 맞고 풀어지지 않은 마음으로 학교에 온 것이었다. 그 마음은 다시 어느 것에도 집중할 수 없게 만들었고, 갈 데 없는 마음은 엄마에게 보여주어야 할 안내장을 조각조각 내는 것으로 풀어보려 했던 것이리라. 동민이가 얼마나 스트레스를 받았을까.

"어머니, 동민이는 사는 곳, 친구, 선생님, 학교

가 모두 바뀐 것이잖아요. 동민이에게는 '세계'가
바뀐 것과 같을 거예요."

라고 말씀드리고, 조금 더 시간을 두고 적응할
수 있도록 서로 돕자고 했다. 등교 전에 아이에게
예민한 상황이 있을 시 문자로 알려 달라고도 부탁
드렸다. 어른들도 아침에 집에서 마음 상해 나오면
하루 종일 일이 손에 잡히지 않잖은가 말이다.

교실 바닥 좀 더러우면 어떤가.
아이 마음은 그것보다 더 엉망이었을 텐데.
전화를 마치고 동민이가 자른 종이 조각을 쓸어
모으면서 참 많이 자책했다. 상처받은 동민이의 마
음 조각을 쓸어 담는 것 같아 많이 미안했다. 내일
은 그 마음을 한 번 더 들여다보아야겠다.

29   1장. 오늘도 학교 다녀오겠습니다

1등은 나의 것

―이겨야 사는 아이

민철(가명)이는 뭐든지 잘하고 싶은 아이였다.

읽은 책 권 수대로 10권, 20권, 30권……. 10권 단위로 차례차례 올라가서 1년에 100권 목표인 독서 나무를 4월 달이 넘어가기 전에 이미 달성했다.

수학 시간에 제일 먼저 문제를 푼 학생이 자신이었다는 것을 매번 확인하고 싶어 했고, 스포츠클럽 활동 시간에 하는 줄넘기도 누구보다 빨리, 많이 넘어야 했다. 학기 초부터 선생님이 가르치는 오카리나와 리코더를 집에서 얼마나 연습했던지, 다음 날이면 연습곡을 뚝딱 외워서 불었다.

이쯤 되면 너무 모범생 아닌가? 생각되겠지만, 민철이는 잘하는 데서 그치는 게 아니라 다른 누구보다 잘해야 직성이 풀린다는 게 문제였다. 잘하는 학생들 중 하나가 아니라 '누구보다 빠르게' 1등으로 목표를 달성해야만 하는 아이 말이다.

1학년 때까지는 개인적으로 하는 학습 활동이 많지만, 2학년이 되면 친구들과 함께 해야 하는 학습 활동들이 많아진다. 이제 학교의 시스템을 알고 1학년 때에 비해 제법 몸도 마음도 자란 2학년 학생들은 서로를 존중하고 배려하는 시민교육을 하기 딱 좋은 시기이다. 그래서 될 수 있으면 아이들이 친구들과 함께 공동의 과제를 이루어내는 협동 학습을 수시로 계획하고 수업에 넣는다.

그런 수업이 민철이와 안 맞았나 보다. 민철이는 느린 친구들을 견딜 수 없어 했다. 느린 친구 때문에 자기 모둠이 1등을 놓친 놀이 활동은 민철이에게는 다시는 하고 싶지 않은 재미없는 활동이 되었다. 친구들이 서로 이야기를 나누고, 다른 의견을 모아 결정을 내려 뭔가를 해야 하는 협동 수업 활동에 유독 더 힘들어했다.

언젠가 민철이가 한창 모둠 협동 수업이 진행되고 있는 중 나에게 찾아와서,

"선생님, 저 혼자 하면 안 돼요?"

하는 것이었다. 모둠 활동할 때마다 민철이가 속한 모둠이 원활하게 진행되지 않는다는 것을 이미 알고 있었지만, 아이들은 스스로 서로를 배워갈 필요도 있다. 아이들이 먼저 요청하지 않으면 웬만하면 난 지켜본다.

"무슨 문제 있니?"
"애들이 다 자기가 하고 싶은 대로 하려고 해서 우린 아무것도 못하고 있어요. 그래서 저 혼자 하고 싶어요."

민철이가 처음부터 먼저 의견을 낸 민아(가명)를 마땅치 않아 했다는 것은 안 본 척해도 계속 지켜보고 있는 나의 레이다망에 이미 걸려있는 터였

다. 민철이는 민아의 의견이 자기보다 먼저 낸 의견이라 싫은 것이었다.

다른 아이들도 자기가 원하는 대로 하고 싶어 한다. 그렇지만 그렇게 해서는 한 발짝도 나아가기 힘들다는 것을 경험으로 배운다. 의견이 나눠질 때, 어떤 모둠에서는 순서를 정해서 하기도 하고, 어떤 모둠에서는 가위바위보로 정하기도 한다. 어느 무리에서는 손을 들어 많이 나오는 대로 하자! 는 건실한 목소리도 들려온다.

"그래, 그래도 이번 공부는 친구들과 함께 협동해서 해야 되는데. 너 혼자 하려면 시간도 많이 걸리고 힘들 거야. 괜찮겠니?"

괜찮단다. 빠른 고민에 들어갔다. 어떻게 하면 민철이와 친구들이 모두 행복하게 수업할 수 있을까? 자기 혼자 하는 게 더 낫겠다고 이미 결정한 민철이를 다시 모둠으로 돌려보내 봤자 모둠 상황은 더 어수선해질 게 뻔했다. 민철이가 그 말을 하려고

෴   1장. 오늘도 학교 다녀오겠습니다

나에게 와 있는 동안 민철이가 빠진 민철이네 모둠은 오히려 활동을 원활하게 진행 중이었다.

민철이를 혼자 하도록 하는 것이 아이의 의견을 존중해 주는 것일까. 모두 함께 하는 활동이니 서로를 배려하면서 하는 거라고 일러주는 게 맞는 걸까.

모험을 해 보기로 했다. 그렇게 민철이는 가지고 온 자료를 몽땅 자기 자리로 챙겨가 혼자 발표 자료를 만들었다.

마침내 발표할 차례가 되었다. 민철이는 혼자 하기로 한 발표 자료를 결국 시간 내에 다 완성하지 못했다. 그렇다고 민철이가 빠진 민철이의 모둠이 다 완성한 것도 아니었다. 민철이도, 민철이네 모둠도 그날 발표를 하지 못했다.

다른 날 같았으면 민철이는 자기 모둠이 시간 내에 끝내지 못했다는 사실에 내내 분해했을 것이다. 그런데 그날 민철이는 조용했다. 화를 내지도 않았지만 발표하는 다른 모둠 친구들에게 귀를 기울이는 것 같지도 않았다. 그냥 생각이 많아 보였다.

수업이 다 끝나고 민철이와 이야기를 따로 나누어 볼까, 했지만 생각이 많았던 민철이의 표정을 보니, 내가 뭔가를 말하지 않아도 될 것 같았다. 대신 아이들이 모두 하교한 뒤, 민철이 어머니와 전화 통화를 했다. 이러저러한 일이 있었으니, 모르는 척 오늘 학교생활에 대해 물어봐 달라고 부탁드렸다. 아이 마음이 불편하면 가장 편한 상대에게는 속마음을 드러낼 것이다. 그날 오후, 민철이 어머니는 민철이가 다른 얘기는 다 하는데 그 얘기만 안 하더라는 말씀을 전해 주셨다.

민철이는 그 후로 혼자 하겠다는 말을 하지 않았다. 물론 민철이는 모둠 활동을 할 때마다 다른 친구가 먼저 의견을 얘기하면 여전히 불만에 가득한 표정으로 뚱해 있었다. 그래도 씩씩거리며 혼자 하겠다고 다시 내게 안 오는 걸 보면 기특했다.

민철이는 여전히 어느 집단에서건 1등을 하려고 엄청난 노력을 하고 있을 것이다. 선생님도 1등 해

본 적 없었다고 말해주었더라면, 민철이도 그깟 1
등이 별 것 아니란 것을 알았을까.

나의 꿈은 아이언맨

—한 부모 가정의 아이

2학년 진호(가명)는 엄마와 단둘이 산다.

진호 엄마는 전날 오후부터 일하다 저녁에 집에 잠깐 들러 진호의 저녁밥을 차려 놓고 다시 나가서서 새벽에야 일을 마치고 집에 들어오신다고 하셨다. 피곤한 몸으로 깜빡 잠이 들면 깨지 못해서 진호는 지각이 잦았다. 그것도 진호가 1교시 시작하고도 오지 않아 진호 엄마께 전화를 걸면 진호가 받아서 엄마를 깨워 등교를 하곤 했었다.

난 한 부모 가정의 아이에게 유난히 마음이 간다. 엄마 혼자 아이 셋을 키운 집에서 엄마가 일 가시고 안 계신 동안에는 두 동생을 건사하던 첫째 딸로 자랐기 때문일 것이다.

진호에게 "정신없이 등교했을 텐데, 아침은 먹고 왔니?" 물어보면 "아니요." 해서 교사들 사비로 사 둔 간식 중 초코파이랑 두유를 가져다 먹인 적도 있다. 먹고 사느라 바쁜가 보다, 하면서도 진호 엄마가 하나밖에 없는 자식을 너무 소홀히 키우는 게 아닌가 싶어 신경 써서 살피게 된다.

저녁 누구랑 먹었냐고 물어보면 미미랑 먹었단다. 미미는 진호가 키우는 강아지다. 진호와 한 가족이 된 지 몇 달 안 됐다고 하는 걸 보면 저녁 시간을 혼자 보내는 진호를 위해 엄마가 사주신 모양이었다.

우리 집 6학년 아들은 지금도 자기 전에 가끔 무섭다고 엄마랑 자도 되냐고 묻곤 하는데, 어린것이 저녁을 혼자 먹고 혼자 잠든다고 생각하니 너무 안쓰럽고 걱정이 되었다. 진호한테 혼자 잠들기 무섭지 않냐고 물어보면 이제 괜찮다고 해서 더 안쓰러웠다.

이런 생활 때문인지 진호는 또래에 비해 생활 자립능력은 출중한데 수업 시간에 집중하지 못하고 산만했다. 가정에서 이루어지는 가족들과의 일상적인 의사소통이 오랫동안 안 되어서인지, 쉬운 말로 설명해도 한 번에 이해하지 못했다. 수학 평가라도 볼라치면 매번 재시험으로도 부족해 세 번째까지 다시 시험을 치르기 위해 남아야 했다. 그럴 때마다 몇 개 맞으면 집에 갈 수 있냐고 물어서 절반 이상 맞으면 갈 수 있다고 하면, 10문제 중 자기가 풀 만한 다섯 문제만 딱 집중해서 듣고 그것만 겨우 풀고는 집에 가곤 했다.

통합 시간에 커서 어떤 사람이 되고 싶은지 소개하는 시간이었다.

도화지 가운데에 자기 얼굴이 보일 만큼 동그랗게 자르고 동그라미 주변을 꾸며서 미래의 꿈을 그린 후 발표하는 시간이었다. 의사, 사육사, 요리사, 발레리나, 축구 선수, 과학자, 선생님 등 다른 친구들은 각양각색의 꿈에 대해 발표했다. 진호 차례가 되었다.

"저의 꿈은 아이언맨입니다."

친구들이 와아~ 하고 웃었다. 남자아이들 사이에서 "나도 아이언맨 좋아하는데!" 하는 소리가 들려왔다. 아이들을 진정시키고 왜 아이언맨이 되고 싶은지 물어보았다. 진호는 아이언맨처럼 악당을 물리치는 용감한 사람이 되고 싶다고 했다.

혼자 있는 시간이 무서웠을까? 혼자 있는 시간에 애니메이션이나 유튜브를 너무 많이 본 것은 아닐까? 내 생각이 진호의 말을 앞서갔다.

생각해 보니 나도 어렸을 때 '소공녀', '소공자' 이야기를 읽고 내 친엄마가 따로 있을 거라고 상상했던 때가 있었다. 엄마한테 야단맞은 날엔 그 생각이 더 굳어졌다. 조금만 더 크고 힘이 생기면 친엄마를 찾아가야겠다고 마음먹었었다. 친엄마라면 저렇게 자식을 혼내지는 않을 거라고 생각하면서. 아이들의 상상의 세계는 부정하고 싶은 현실의 크기에 비례하는 것 같다.

어쩌면 '어른이 된다'는 것은 '상상력을 잃다'와 같은 말이 아닐까.

어렸을 때 우리는 누구나 대통령도 되고 과학자도 되고 우주비행사도 되었다. 요즘에는 우리 때 보지 못했던 캐릭터들이 더 많아져서 아이들은 슈퍼마리오도 되고 아이언맨, 진격의 거인도 된다. 누구라도 될 수 있고, 무엇이라도 할 수 있는 아이들의 상상의 세계. 그 세계는 아이들의 꿈의 세계이면서 도피처이기도 할 것이다.

진호가 진호만의 상상의 세계에서 마음대로 꿈을 꾸었으면 좋겠다. 빨간 슈트를 입고 아이언맨이 되어 여기저기를 날아 세상 끝, 아니 우주 끝까지 날아가서 하고 싶은 거 다 하고 만나고 싶은 사람 다 만났으면 좋겠다.

그리고 다시 진호로 돌아왔을 때 엄마 품에 안겨 곤히 잠들었으면 좋겠다.

초등 2학년도 담을 줄 아는
'말의 온도'

−2학년 아이들의 마음과 태도를
닮을 수만 있다면

　민지(가명)는 계속 생각해야 하는지, 내게 도움을 요청해야 하는지 고민하는 듯해 보였다.

　"네가 도움을 요청하기 전에는 선생님이 먼저 와서 도와주지 않을 거야."

　지난주부터 민지에게 단호하게 말해 두었기 때문에 무작정 울기만 해서는 문제가 해결되지 않을 거라는 것을 알고 있을 테다. 그래도 민지는 여전히 자신의 생각을 내어놓는 일은 어려운 듯하다. 교실 전체를 순시하고 있지만 내 눈은 민지의 모습에서 멀어지지 않는다.
　잠시 후, 다가가 보니 생각을 써넣어야 할 자리

가 여전히 빈칸이었다. 빈칸으로 둔 채, 다소 시간이 흘러서인지 민지의 인내심도 한계에 다다른 듯했다. 눈에 눈물이 그렁그렁 맺힌 채 눈빛이 일그러져 있었다.

"선생님, 뭘 써야 하는지 모르겠어요."

하더니 울기 일보 직전이다. 민지는 신학기 첫날부터 간단한 활동에도 마주하자마자 울기 시작하더니 자신의 생각을 드러내는 활동에서는 여지없이 눈물부터 보였다.

"우는 건 문제를 해결해 주지 않는다고 선생님이 말했지? 민지, 선생님 눈 쳐다봐봐. 민지 할 수 있는 거야. 선생님은 네가 할 수 있다는 거 알아. 여기 정답은 없어. 민지 생각이 답이야."

그래도 민지에게는 먼저 물어보는 것조차 용기가 필요한 일이다. 도움이 필요할 때는 다른 사람에게 먼저 다가갈 줄도 알아야 한다. 오늘 먼저 와서 물어본 것은 아주 잘한 일이라고 머리를 쓰다듬어 주었다. 그렇게 민지는 오늘도 한 발 용기를 내어 본다.

답이 열린 서술형 학습 과제를 마주칠 때마다 주저하는 민지는 답이 정해진 연산 문제 해결과 같은 과제 수행에 칭찬 피드백을 많이 받은 모양이다. 수학 시간에는 절대 우는 법이 없는 것을 보면.

누가 민지에게 스스로 상황을 파악하고 결정을 내려보는 경험을 앗아간 것일까. 민지는 무슨 일이든 스스로 해 보는 경험이 절대적으로 필요한 아이다. 여태까지 그 아이의 경험 범위 내에서는 울면 문제가 금방 해결되는 일이었을 테다. 하지만 언제까지 그렇게 갈 수는 없다. 이제 우는 일로 문제가 해결되지 않는다는 사실을 직시해야 할 때다.

민지는 처음엔 당황스러웠을 것이다. 선생님의 친절한 듯, 친절 아닌 친절 같은 단호함에 어떻게 반응해야 할지 고민이 되었을 것이다. 분명 화를 내는 것은 아닌 것 같은데, 그렇다고 무조건 자신을 받아주는 것 같지도 않은 선생님의 태도에 어떻게 반응해야 할지, 계속 생각했을 것이다. 그리고 마침내 '스스로' 결정을 내렸을 것이다

"선생님, 어떻게 하는지 모르겠어요."

도움을 요청하기 전에는 도와주지 않겠다는 나의 말에 자리에 앉아 무턱대고 울지 않고 도움을 요청하기로 '결정을 내린' 것이다. 민지가 도움을 요청하러 오면 나는 매우 기쁜 표정으로 다가가 기꺼이 다시 설명해 준다. 활동 전에 이미 들어준 예시를 민지의 경우와 엮어 다시 한 가지 들어준다. 그럼 보다 강력한 힌트를 얻고 한, 두 가지를 더 생각해 낸다. 그렇게 민지는 '스스로가 내린' 결정을 믿고 조금씩 성장해 나갈 것이다.

한 교실 안에는 타고난 성향이 다른 아이들이 함께 한다. 그중, 조금은 더 교사의 관심이 필요한 아이들이 있기 마련이다. 알아서 잘하는 아이들의

부모 입장이라면 하나뿐인 담임 교사의 시간과 관심을 내 아이가 덜 받는 역차별로 느껴질 수도 있겠다. 하지만 그렇지가 않다. 인간은 본능적으로 나보다 뭔가가 부족한 사람을 보면 안도하게 되고, 마음을 놓는 법이다. 잘하는 친구들은 '자신감'을 얻고, 조금 느린 친구들은 '선생님의 시간'을 조금 더 얻는 것뿐이다. 그렇게 '균형'을 맞춰가는 것이다.

무엇이든 열심히, 적극적으로 하는 아이들은 내가 아닌 그 누구를 만났더라도 잘할 아이들이다. 관심이 더 필요한 아이를 만났을 때, 그때가 비로소 '나'란 존재와 직면하게 되는 때이다. 나는 어떤 유형의 인간인가. 어떤 선생인가.

자기가 좋아하는 것과 싫어하는 것에 대해 생각해 보고 간단한 그림과 함께 목록을 써 보는 수업을 했다. 열심히 그리고 적고 있던 지혜(가명)가 내게 말한다.

"선생님, 너무 고민이에요!"

"뭐가?"

"저는 좋아하는 것에 선생님을 썼는데 선생님을 어떻게 그려야 할지 모르겠어요. 선생님처럼 예쁘게 그릴 수가 없어서 너무 고민이에요."

이 말을 들은 주변 친구들이 와하하— 웃었다. 이런 눈치 100단 같으니라고. 선생님이 좋아할 만한 말로 쏙쏙 골라 얘기하는 법을 너는 누구한테 배운 거니?

스스로 가족을 도운 경험을 이야기 나눴을 때, 성민(가명)이도 그랬다.

"할머니가 소파에서 낮잠을 주무시고 계셔서 베개를 가져다가 베어 드렸어요."

그 베개를 베고 꿀잠을 주무셨을 할머니를 생각하니 내 마음이 몽글몽글해졌다. 말에 '온기'를 담을 줄 아는 2학년 아이들 덕분에 한없이 따사로운 가슴이 된다. 이렇게나 반듯하고 따뜻한 마음을 가진 2학년이라니. 난 올해도 2학년 담임이어서 행복하다.

1장. 오늘도 학교 다녀오겠습니다

학부모 상담 주간이라 연일 상담하며 말을 고르는 작업이 녹록지 않다. 얼굴 표정이 보이지 않는 말에는 그 함의를 다 표현해 내는데 제한이 있기 마련이다. 그럼에도 2학년 아이들의 말처럼 상대방의 입장을 생각하는 태도와 진심을 담는다면, 말은 서로에게 가 닿을 줄 믿는다.

　　우리 아이들을 바른 방향으로 성장하도록 이끄는 것.
　　담임교사와 학부모는 공통의 관심사를 가진 '협력 공동체'이니까 말이다.

책 싫어하는 남자아이,
책과 친해지려면

−엄마와 아이가 함께 행복해지는
베드타임 스토리

　한 아이 어머니로부터 상담 요청이 들어왔다.

　내용인즉슨, 아이가 다른 아이들과 놀이터에서 놀면서 거칠게 말한다는 것이었다. 아이보다 고학년 아이들과 축구교실을 계속 다니다 보니, 형들로부터 거친 말을 듣고 배우는 모양이라고, 학교 와서도 반 친구들에게 그럴까 봐 걱정된다고 하셨다.

　외동아들로 구김살 없이 자란 밝고 명랑한 아이였다. 예의도 바르고 싹싹하기가 이를 데 없는 아이이기도 했다. 주변 어른들과 대화를 많이 해서인지 또래보다 말도 잘했고, 자기가 생각하는 바를 표현하는데 주저함이 없는 아이였다. 관심과 사랑을 많이 받은 티가 뚝뚝 묻어나는 그런 아이 말이다.

다만(선생이 하는 말은 이 '다만' 뒤의 말을 하기 위해 서두가 길어지는 경향이 있다), 오지랖이라고나 할까, 반에서 일어나는 모든 일에 다 참견하려 드는 것이 동네 통장 저리 가라다. 말 많고, 참견이 많다 보니 득보다는 실인 경우가 많고, 본인이 의도한 순수성을 떠나 일이 꼬이면 자신의 무관을 드러내느라 변명이 길어졌다.

　　아이 엄마가 걱정하시는 바를 잘 알고 있지만, 장점과 단점이 없는 아이가 없고 타고난 기질을 바꿀 수도 없는 것이다. 어른인 우리가 할 수 있는 일은, 아이의 기질을 180도 바꾸어주는 일이 아니라(그럴 수도 없고), 그 기질을 어떻게 좋은 방향으로 향하게 돕는 가다.

　　이 아이는 타고난 호기심으로 주변의 모든 상황과 사람들에게 관심이 많다. 그렇다 보니 또래 간 관계 형성을 빠르게 진전시키고 그 속에서 분위기를 주도하려 든다. 아이가 평소 어른들과의 대화를 많이 하는 가정환경에서 자라면, 또래보다 사용하는 어휘나 문장의 수, 말의 속도 등에서 또래 친구들을 앞선다. 말을 잘하는 아이가 주도권을 잡는 것이다.

그러나 호기심의 발로에서 좀 더 말을 많이 하던 아이가 주도권을 갖는 것은 중학년(3~4학년) 때까지다. 다소 말이 느린 것 같고 그래서 어눌해 보였던 또래 친구들이 중학년 이후 밸런스가 맞춰지기 시작하면, 저학년 때 말을 잘해서 주도적이었던 아이의 입지가 좁아지는 시기가 오게 된다. 그래서 내 아이가 그냥 말이 많은 아이인지, 논리적으로 적절하게 의사 표현을 하는 아이인지를 들여다볼 필요가 있다.

아이 어머니께 아이가 평소에 책을 잘 읽느냐고 물어보았다. 어머니는 그것도 걱정이라고 하시며 얕은 한숨을 내쉬었다. 학교에서도 도서관을 꼭 친구들과 다녀오는데 집중해서 책을 읽지는 않아 보였다. 아이는 친구들과 도서관을 다녀오는 길, 장난

치며 말할 수 있는 그 시간이 좋은 것이었다. 책을 빌리고는 통 읽지 않다가 다른 친구가 반납하러 갈 때 따라가서 읽지도 않은 책을 반납하고 다른 책을 대여하는 일의 악순환이었다.

"어머니께서 책을 읽어 주시나요?"

여쭤보니 읽어주고 싶어도 아이가 다른 일에 관심이 많아 옆에 앉아 있지를 못한다며, 어찌해야 좋을지 모르겠다고 하셨다. 요즘 젊은 어머니들은 아이들 조기 교육에 그렇게 관심이 많으시다는데, 아이에게 책을 읽어주는 방법에 대해 왜 더 고민하지 않는지, 나로서는 참 의아한 일이다.

가족이 나오는 외국 영화를 보면 자주 나오는 장면이 있지 않은가. 침대 옆에서 함께 책을 읽어주는 일명, '베드타임 스토리' 말이다. 영화에서는 아빠가 읽어주는 모습이 우리 현실과는 다른 모습이지만, 우리는 그것을 극복할 수 있는 자랑스러운 대한민국의 어머니가 아니던가. 아빠가 안 되면 그 자리에 엄마가 들어가면 되는 것이다. 아빠가 가능하다면 금상첨화다. 이 글을 읽는 이가 어린 자녀의 아빠라면 꼭 그대가 하시라, 당부드린다.

책을 읽기 싫어하는 남아인 경우, 여러 가지 요인이 있겠지만 '베드타임 스토리'는 웬만한 요인을 모두 극복해 준다. 아이가 골라온 책이면 더 좋고, 아이가 선택권을 엄마에게 맡긴다면 엄마가 골라주어도 무방하다. 하지만 어느 정도 읽어주는 기간이 지나면 아이 스스로 원하는 책을 골라보게 하는 것이 아이가 책과 조금 더 가까워질 수 있는 지름길이다. 아이가 저학년일 때만 읽어주는 것이 아니라 아이가 거부감을 드러내지만 않는다면 6학년이 되어도 읽어주라고 하고 싶다.

그런데 이것을 엄마가 꾸준히 실천해서 결국 아이가 스스로 책을 읽게 하려면, 엄마가 책에 관심을 갖고 읽기를 좋아해야 한다는 뻔한 결말이 되고 만다(안다, 우리 엄마들이 얼마나 바쁘신지, 마음이 아프다).

우리 집 둘째 녀석(당연히 아들)이 그렇게 책을

싫어했다.

아무리 무릎에 앉혀 놓고 읽어주어도, 놀고 있는 아이 옆에서 CD 틀어놓은 듯 읽어주어도, 관심을 갖지 않았다. 두 살 터울인 첫째 아이(딸)는 나를 너무 가만히 두지 않아서 피곤하게 하더니, 둘째는 나를 너무 놔두길래, 쾌재를 부르며 혼자 놀게 두었더랬다. 그랬더니 이 아이가 3살이 되도록 '엄마, 아빠' 외에 딱히 사용하는 어휘가 없음을 뒤늦게 알고서야 발등에 불이 떨어진 것이었다.

늦게서야 책을 읽어주기 시작했으니 효과가 빨리 나타날리 없었다. 그래서 선택한 것이 이 '베드타임 스토리'였다. 둘째가 5학년, 큰아이가 중1이 될 때까지 이런 방식으로 매일 책 읽기를 했다. 책 읽기를 좋아하는 큰아이에게는 안된 일이지만, 책의 수준은 항상 둘째에게 맞춰졌다. 일한다고 바쁘다는 핑계로 다른 건 빵점인 엄마였지만 이것 하나만은 해 주리라, 마음먹고 시작했던 일이었다.

너무 피곤한 날은 30분도 못 채우고 끝날 때도

있었다. 하지만 많은 날들은 읽어주다가 오히려 내가 재미 붙어 1시간이 훌쩍 지날 때까지 읽고 있는 날도 많았다. 아이들은 이미 꿈나라로 간 지 오랜데 말이다.

그때 어릴 적 읽었던 추억의 책들을 다시 만나 얼마나 행복했는지 모른다. 『어린 왕자』는 얼마나 아름다웠으며, 『마당을 나온 암탉』을 읽어주다 혼자 얼마나 자주 먹먹했었는지. 『오즈의 마법사』가 어른의 마음에도 꿈과 희망을 심어주는 이야기라는 것을 소리 내어 읽어주지 않았다면 몰랐을 것이다(이 책은 아이가 너무 좋아해서 두 번 읽어 준 책이다). 그렇게 읽어주다 보니 내 아이가 모험 이야기를 좋아한다는 것을 알게 되었고, 그래서 아이 혼자는 읽기 힘들어했던 책, 『15 소년 표류기』의 모험담을 얼마나 흥미진진해하며 들었던가.

스펀지처럼 빨아들이는 시기인 저학년 남자아이는 새로운 거친 용어에 당연히 관심을 보인다. 아이가 거친 말에 관심을 갖고 사용하려 한다면, 그때가 주저 말고 양질의 '어휘 샤워'를 해 줄 때이다.

말하는 것에 관심이 많은 아이이니 더 빨리, 더 많이 습득할 거라 말씀드렸다. 아이의 어머니는 밝은 목소리로 '베드타임 스토리'를 꼭 실천해 보겠다, 하셨다. 어머니께 건투를 빈다.

책을 읽지 않는 아이라고 걱정하는 것은 아무 도움이 안 된다. 내 아이의 기질을 받아들이고 좀 더 책과 친해질 수 있도록 부모의 관심과 노력이 필요하다. 아이에게 책을 읽어주다 보면 만나는 기쁨과 행복은 읽어주는 자, 만이 누릴 수 있다. 거듭 말하지만, 아빠여, 아이에게 책을 읽어주시고 그 확실한 보상을 거머쥐시라.

'놀이'의 반대말은 '일'이 아니다

－아이들에게 놀이 시간은
창의력을 발휘하는 시간이다

'마음'을 나타내는 말에 대해 공부를 마치고 단원 정리를 할 때였다. 아이들에게 마음을 나타내는 많은 말들을 알아보았으니 현재의 마음과 그 까닭에 대해 이야기를 하며 학습을 마무리하자고 했다. 반 전체 학생들이 모두 한 마디씩 마음을 나타내는 말을 하다가 준기(가명) 차례가 되었다.

"학교에 오면 기분이 좋지 않아요."

준기의 말에 우리 반 아이들의 눈빛이 나보다 더 당황스러워졌다. 나는 애써 아무렇지 않은 척, 왜 그런지 물어보았다. 준기는 조금 생각하는 듯하더니, "잘 모르겠다."고 했다. 2학년 남자아이들은 자신의 감정이나 생각을 정확히 표현하는데 아직 미숙하다. 그럴 때는 아이가 그간 보여준 정보를 최대한 활용해 해석의 실마리를 찾아야 한다.

학부모 상담 자료를 위해 실시한 설문 조사에서 준기는 좋아하는 것, 잘하는 것, 요즘 관심 있는 것 등 모든 항목이 '축구'였던 아이이다. 미래에 되고 싶은 꿈도 당연히 '축구 선수'로, 준기는 축구에 살고 축구에 죽는, '축구 마니아'이다. 그런 준기에게 학교라는 곳이 어떤 공간일지 아이의 입장에서 생각해 보았다.

'정해진 시간 내에 등교해서 1교시 수업 시간 전까지는 독서를 해야 한다. 1~2교시 블록 수업으로 국어나 수학 수업을 하고 3~4교시는 또 다른 블록 수업으로 통합 수업이 진행된다. 쉬는 시간이라고는 코로나로 인해 잔뜩 쪼그라들어 중간에 겨우 붙어있는 고작 10분.
선생님이 최대한 10분을 보장해 준다고 해도 교실 바깥 공기를 마시러 나갔다가 들어와야 하는 시간까지 감안하면 놀 수 있는 시간은 겨우 5~6분 남짓. 친구들과 마음껏 뛰어놀기에는 턱없이 부족한 시간인 데다, 코로나 방역 수칙 때문에 너무 숨에 차는 활동은 하지 말라고 한다.'

내가 준기라고 해도 이런 학교는 하나도 재미없겠다. 학교에 오는 게 기분 좋을 리 없겠다. 겉으로 싫은 내색을 보이지는 않았지만 여태 매일 학교에 나와 열심히 수업에 참여한 그 시간들이 2학년 준기에게는 '인고'의 시간이었겠다.

학교에서는 교사가 관찰 가능한 범위 내에서 아이들의 모든 활동이 이루어지도록 살펴야 한다. 아이들의 안전을 위해 어쩔 수 없는 일이라고는 하지만, 아이들의 입장에서 생각해 본다면 어떠할까?

코로나 시대 이전에 아이들의 놀이 시간을 충분히 보장해 주어야 한다는 생각으로 중간놀이 시간을 10분에서 30분으로 늘렸을 때, 대부분의 교사들은 걱정이 앞섰다. 그 긴 시간 동안 아이들의 안전상 문제를 어떻게 담보할 수 있겠냐는 것이었다. 결국 중간 놀이 시간이 되면 담임 교사들의 임장 지도하에 학년, 학급별로 학교 공간을 나누어 아이들이 정해진 공간 내에서 놀도록 했었다.

아이들의 '의미있는' 놀이 시간을 위해 교사 주도로 놀이 양식이 정해지기도 했다. 30분 동안 '체계적'으로 놀아야 한다니. 한국 어른들은 아이들의 여백의 시간에 왜 이리 인색한 걸까. 이렇게 정해진 놀이를 하고 나면 2학년 아이들은,

"이제 우리 놀이 시간은 언제예요?"

라고 물었다.

아이들에게 놀이 시간은 어른의 개입 없이, 미리 정해놓은 놀이나 규칙 없이, 오롯이 자신과 또래 친구들이 그때그때 새롭게 만들어 놀아야 '진정한' 놀이 시간인 것이다. 선생님이 개입하여 어떤 놀이를 어떻게 할지 알려주는 놀이는 또 다른 수업에 다름 아니다.

아이들이 정형화된 놀이터보다 정크 놀이터 (junk playgrouds: 덴마크 조경사인 카를 테오도르 소렌슨이 사용한 용어. 고장 난 자동차나 낡은 타이어, 목재 등으로 이루어진 놀이 공간)를 더 좋아한다는 사실은 아이들이 얼마나 스스로 만들어 노는 '창의적인' 존재인지 알려 준다. '결핍'이 있어야 '창의성'이 발휘될 공간이 생긴다.

모든 것을 규격에 맞게, 규칙적으로, 질서 있게, 안전하게, 매뉴얼에 따라 하면서 어떻게 아이들이 창의적으로 사고하기를 바랄 수 있을까? 그림을 그리고 색칠하는 미술 시간을 싫어하는 남자아이들도 종이 박스 하나만 가지면 얼마나 초집중하여 기발한 것들을 만들어 내는지 모른다. 그것을 직접 본다면, 아이들이 '무에서 유를 창조하는 예술가'라는 사실을 쉽게 수긍하게 될 것이다.

'안전'만이 최우선인 공교육 시스템 안에서는 구현하기 어렵다는 게 문제다. 아이들의 진정한 배움의 공간이 참 아쉽다.

언젠가부터 '논다'는 말은 '건설적인' 일과는 동

1장. 오늘도 학교 다녀오겠습니다

떨어진 '아무것도 하지 않는' 상태라거나 '효용 가치가 없는' 일에 시간을 보내는 상태를 지칭하는 말처럼 사용되었다. '놀이'는 어린아이들의 전유물이 된 지 오래여서 어른들하고는 어울리지 않는 말 같다.

그러나 잘 노는 사람이 일도 잘한다고 했다. 잘 노는 아이들이 공부도 잘한다. 제대로 놀고 제대로 일을 하는 사람. 그러려면 무엇을 하고 놀아야 '제대로' 노는 것인지 스스로가 알아야 한다.

심리학자이자 최고의 놀이 이론가인 브라이언 써튼 스미스(펜실베니아 대학 교수)는, "놀이의 반대는 일이 아니다. 놀이의 반대는 우울증이다."라고 했다. 제대로 놀지 못하면 일을 제대로 못할 뿐 아니라, 정신 건강에도 해로운 영향을 끼친다는 뜻일 것이다.

무엇을 할 때 가장 신나는가? 어떤 것을 하며 놀 때 몰입하는가? 우리 아이들이 어떤 것에 '미치는

지', '좋아 죽겠는지', 그것을 먼저 살펴보고 제대로
놀도록 돕는 것. 그것이 준기 같은 아이가 학교에
오고 싶어지게 하는 이유가 될 것이다.

수고했어, 오늘도
–코로나 시대의 학교 수업, 낙하산 놀이

거리두기, 말 줄이기, 조용히, 쉿!

코로나 이후 아이들이 등교일에 가장 많이 듣는 말은 이런 말들일 것이다. 내가 2학년이래도 할 맛 안 나겠다. 2학년이 어떤 학년인가. 어리바리했던 1학년 때와 비교하면 몸도 마음도, 생각도 훌~쩍 자라 웬만한 건 다 할 수 있는 때다. 할 수 없을 것 같은 것도 시도해 볼만한 배짱도 생길 때다. 말 그대로 '스펀지' 같이 흡수하는 시기다.

움직임 욕구가 엄청난 시기의 이 아이들에게 움직이지 말라, 조용히 해라, 친구랑 가까이하면 안 된다, 와 같은 말들은 고문에 가깝다. 그렇지만 방역수칙을 준수해야 하는 상황에서는 또 어쩔 수 없이 아침부터 저 말들을 해야 한다.

내가 어렸을 때는 하교 후 동네 친구들이 모두 모여 함께 놀았다. 그러지 못하는 요즘 아이들에게 학교에서가 아니라면 또래 친구들과 함께 놀 기회를 찾기는 매우 어렵다. 코로나 시대, 주 3일 등교해도 학교에서 하는 수업이라고는 앉아서 조용히 듣는 수업이라니, 얼마나 재미없을까. 아이들에게도 숨구멍이 필요하다. 방역 수칙을 지키면서 하는 놀이 활동이라면 괜찮지 않을까.

그래서 주간 학습에 넣은 '낙하산 놀이'. 주간 학습 안내장(일주일 간의 수업 계획 안내장)을 받은 직후부터 아이들의 관심은 온통 낙하산 놀이가 들어간 요일에 쏠렸다.
"이거 진짜 학교에서 하는 거예요?"
하고 묻는 아이들의 표정에 기대와 간절함이 어려있다. 그럼, 하는 나의 대답에 환호성이 터진다. 놀이가 고픈 아이들이라니, 측은하다.

기다리고 기다리던 낙하산 놀이 날.

탱탱볼을 들고 들어오는 나를 바라보는 눈빛만으로도 마스크 너머로 아이들의 입이 귀에 걸리는 표정이 보이는 것 같았다. 오늘 할 놀이는 다섯 명의 팀원이 모두 낙하산 가운데에 놓인 공을 튕기며 반환점을 먼저 돌아오면 이기는 활동이다.

낙하산 놀이

간단한 준비 운동 후, 5인 6팀으로 나뉜 아이들은 여러 개의 손잡이가 달린 낙하산 위에 탱탱볼을 올려놓고 함께 튕겨보기 연습에 들어갔다. 쉽지 않아 보인다. 튕길 때마다 공은 튀어 나가고 다섯 명의 친구들이 같은 힘의 세기로 낙하산을 쥐고 있지도 않아서 기울기가 생기면 공은 여지없이 굴러 떨어지고 만다. 속절없이 굴러 떨어지고 튕겨나가는 탱탱볼에 아이들은 속이 탄다. 야아~! 낙하산을 잘 안 잡고 촐싹대는 남자 친구에게 보내는 여자 친구들의 눈빛이 매섭게 변한다.

몇 분 연습 후, 3팀씩 놀이를 시작했다.

출발 신호와 함께 몸이 앞서는 아이들은 탱탱볼처럼 튕겨 나가지만 몸의 움직임이 커질수록 공이 떨어지는 확률이 높아진다는 사실은 아직 눈치채지 못한다. 공을 떨어뜨리면 출발점에서부터 다시 시작해야 하는 규칙에 아이들은 반환점까지 가는 것조차 쉽지 않다.

번호순으로 5명씩 나눴는데 공교롭게도 한 팀에 운동을 잘하는 남자아이 셋이 포진하게 되었다. 축구하는 아이, 보드를 배우고 있다는 아이, 수영하는 아이. 모두 운동을 좋아하는 아이들이라 평소에 그렇게 단속해도 움직임에 표가 나는 아이들이다. 그런 아이 셋이 모였으니 굉장한 운동 신경과 엄청난 스피드로 놀이를 성공적으로 해냈을까?

결과는 그렇지 않았다. 저마다 자신의 몸을 주체하지 못하고 힘 조절에 실패하여 그 팀의 공은 사방팔방으로 튀었고, 수차례 출발선으로 돌아와 몇 걸음 나아가지도 못했다.

"저 팀은 우리랑 공이 다르잖아요!"

기준이(가명)가 공 탓을 한다. 옆 팀의 공이 바람 빠진 탱탱볼이라 다루기 더 수월하다고 억울해한다. 그 팀의 문제는 다른 데 있었지만, 경기의 공정성이 의심된다면 수정해줘야 맞다. 공을 바꿔 줘 본다. 기준이는 바꾼 공으로 기세등등해 다시 시도해 보지만 바람 빠진 공도 힘의 균형이 무너져 들쑥날쑥한 모양의 낙하산에서는 얌전히 견뎌주지 못했다. 공만 바뀌면 당장 반환점을 쏜살같이 돌아올 것 같던 기준이도 더는 우기지 못했다.

놀이를 마치고 교실로 돌아와 놀이 활동에 대한 이야기를 나누었다.

"낙하산 놀이를 잘하려면 어떻게 해야 했을까?"

"다른 아이들 경기할 때 보고 있지 말고 연습을 더 많이 했어야 해요."

"서두르지 말고 천천히 해야 해요."

"같이 협동해야 해요."

아이들은 정작 놀이 시간에 몸을 움직일 때는 알지 못했던 것들을 얘기했다. 깨달음은 항상 늦게 오는 법이니까.

놀이를 해 보니 어떤 생각이 드느냐는 물음에는,

"경기에서 져서 아쉬웠지만 재밌었어요."

"이기려고 욕심내지 않고 그냥 했는데 이겨서 신났어요."

라고 했다. 아이들의 말 사이에 기준이 팀의 남자아이 하나가 손을 들었다.

"속상했어요."

평소에는 목소리도 크고 행동도 큰 아이인데 목소리가 잦아들더니 끔뻑, 이는 눈을 손으로 가린다. 용케 울음을 꾹 참는다.

"뭐가 속상했어?"

"이기고 싶었는데 자꾸 잘 안 돼서요."

"왜 잘 안됐을까?"

"서로서로 힘을 잘 모으지 못한 것 같아요."

아쉬운 마음속에서도 배움을 찾는 아이들. 누가 2학년을 철딱서니 없는 어린아이라고만 보는가.

모처럼 공과 낙하산을 이용해 온몸을 움직이는 놀이를 하면서도 아이들은 생각했던 것보다 약속한 규칙을 잘 따라 주었다. 내 몸 같지 않은 친구들의 움직임이 안타깝기도 하고, 함께 움직일 때 조화를 이루기에는 아직 많은 연습이 필요했다. 그래도 이 정도만큼 즐겁고 배웠으면 그만인 거 아닌가.

얘들아, 수고했어, 오늘도.

내 아이에게 '문제'가 있나요?

−'문제 해결'이 아니라 '관심'으로 성장하는 아이들

"선생님, 제 아이에게 '문제'가 있나요?"

이렇게 물어오는 학부모라면 아이 담임에 대해 존중의 의사를 갖고 최대한 의견을 들으려는 태도를 지니신 분일 것이다.

"선생님은 제 아이가 '문제'가 있다고 보시는 거예요?"

질문의 본질은 같은데 학부모가 이렇게 물어오기 시작한다면 아무리 합리적인 설명을 구구절절해도 아름다운 결말을 맺기가 어렵다. '아' 다르고 '어' 다르다지만 같은 질문도 어떻게 하느냐에 따라 상대방의 기분과 태도에 큰 영향을 미칠 수밖에 없다.

예로 든 두 경우와 똑같은 방식은 아닐지라도 결국 두 질문 모두에는 아이에 대해 '문제'로 다가가는 어른의 시선이 담겨있다. 그런 점에서, 어느 쪽에도 흔쾌히 손을 들어주기 어렵다.

양쪽 모두 탐탁지 않은 이유는, 아이의 행동을 '문제' 상황으로 인식해 출발하면 해결 과정이 괴롭기 때문이다. 문제는 방치하면 더 큰 문제가 될 것이므로 즉시 해결해야 할 사안이 된다. 원인을 파악하고 필요한 조치를 취해 없애야 하는 것이다.

하지만 아이들의 행동은 이런 일반적인 문제 해결의 과정을 따르는 데 무리가 있다. 물론 문제의식을 갖고 능동적으로 대처하는 자세는 중요하다. 하지만 아이를 문제의 씨앗으로 보고 나쁜 싹은 싹둑, 잘라서 문제의 근원을 없애야 한다는 식의 관점은 조심스럽다는 얘기다.

문제가 있어 보이는 아이도 들여다보면 결국 '관심'이 필요한 아이다. 관심이 필요한 아이는 관심을 받고 싶어 하는 상대에게 자신을 다양한 방식으로 드러낸다. 보통 아이들은 칭찬받기 위해 노력하는 모습으로 자신을 드러낸다. 하지만 때로는 별이유 없이 다른 친구들을 괴롭히거나 반항하기도 한다. 소위 '문제 있어 보이는' 방식으로 자신을 드러내는 것이다. 정도의 차이는 있지만 결국 목적은 같다. '저에게 관심을 주세요.'라는 신호인 것이다.

몇 년 전 제자였던 동혁(가명)이는 또래보다 덩치도 크고 목소리도 큰 남자아이였다.

초등 2학년 아이들은 아직 1학년 아이처럼 몸집이 작은 아이들도 많기 때문에 큰 몸집에 힘도 세고 목소리가 큰 동혁이와 놀다 보면 문제 상황이 자주 발생했다. 동혁이와 놀다가 갈등상황이 생겨 불려올 때면 동혁이는 우선 자기 자신을 변명하기 바빴다. 자신이 얼마나 결백한지 증명하느라 "그게 아니고요!"로 시작하는 말을 숨도 잘 안 쉬고 이어 말하느라 저러다 호흡곤란이 오지 않을까, 걱정될 정도였다. 처음엔 가만히 들어주었지만, 상황이 나아지지는 않았다. 언젠가 또 다른 친구와 문제가 생겨서 이름을 부르니, 동혁이는 또 "그게 아니고요~"로 자신을 변호하려고 했다.

"선생님은 너를 야단치려고 하는 게 아니야."

아이의 흥분을 잠시 식힐 요량으로 건넨 말에, 열이 잔뜩 올랐던 동혁이의 눈빛이 순간 부드러워졌다. 그 모습을 보고 동혁이에게 정말 필요한 것이 무엇이었는지 그때야 알았다. 동혁이에게서 "그게 아니고요!" 핏대를 누그러뜨려 주는 것은 자신이 야단맞지 않을 것이라는 신호였다.

동혁이는 자신의 행동에 잘못이 있음을 이미 직감하고 있는 아이였다. 그래서 선생님이 불렀다면 반드시 혼나게 될 거라고 혼자만의 시나리오를 플레이시켰는지도 모른다. 2학년 아이들은 인과관계를 어렴풋이 연결지을 줄 안다. 게다가 이 시기 아이들의 상상력은 최고, 최강이다. 아이들은 자신이 한 행동이 어떤 결과를 야기할 지 자신만의 스토리를 써 간다. 아이의 불안과 걱정, 안전하지 못할 자신의 처지 등을 감안하면 동혁이의 본능적인 행동은 스스로를 지켜내려는 '자기방어'에 가까웠다.

그러나 '너를 야단치려고 하는 게 아니'라는 신호는 그 모든 부정적인 감정들을 어루만지는 효과를 발휘해 주었다. 아이의 눈빛이 부드러워진 뒤에는 다른 개입이 거의 필요가 없었다. 아이들은 이미 문제 상황이 발생할 때 어떻게 말해야 하는지 배웠고 알고 있기 때문이다. 교사가 할 일이 있다면 함께 이야기를 나눌 친구들 중 이야기할 순서를 도와주는 일 정도이다.

아이들은 어른의 생각보다 자신의 상황을 더 잘 인지한다. 정확하지는 않지만 자신의 행동이 잘못된 것인지, 아닌지에 대해 스스로 잣대가 있다. 그렇지만 자신을 지켜내려는 것은 본능이다. 엄한 말투와 무서운 표정은 아이로 하여금 자신을 지켜야 한다는 신호를 준다. 그때 아이에게 필요한 것은 '노랑 신호등'이다. 본능으로 치닫는 생각을 멈추게 하는 신호등. '선생님이 나를 야단치려는 것이 아니구나!'를 알려주는 노랑 신호등을 켜주면 아이의 불

안한 빨강 신호등에도 '잠시 멈춤' 신호가 깜빡이기
시작한다.

> "첫걸음을 하다 고꾸라져 넘어지는 아이들은 대부
> 분 곧장 울음을 터뜨리지 않고, 이것이 뭔가 좋지 않
> 은 일인지 알기 위해 자기가 애착을 느끼는 인물을
> 쳐다본다. 다른 사람들의 반응을 보고서 울기 시작할
> 것인지를 결정하는 것이다."
>
> ─「불확실한 날들의 철학」
> 본문 중, 나탈리 크납

스스로 판단을 내려본 경험이 부족한 아이들에
게 선생님은 절대적인 신뢰의 대상일 수밖에 없다.
교사로서 나의 시선이, 생각이 얼마나 아이들에게
큰 영향을 미칠지 생각하면 한없이 어깨가 무거워
진다.

부모로서, 교사로서의 어른이 아이에게 어느 선
까지 개입할 것인지를 결정하는 일은 매우 고민스
럽다. 아이가 자라면서 보이는 여러 가지 양상을 보
며 그때 내가 너무 개입한 것은 아니었는지, 반대로

그때 너무 무심했던 것은 아니었는지, 교사의, 또는 부모의 고민은 풀어낼 고리를 찾기가 쉽지 않다.

"내 아이에게 '문제'가 있나요?"라는 질문은, "내 아이에게 어떤 '관심'이 필요할까요?"로 바뀌어야 한다. 그리고 그 '관심'은 아이가 애착 관계에 있는 대상으로부터 '그 정도는 괜찮아'라는 신호를 받는 것으로 족하다.

부모나 교사는 어린아이들의 입장에서는 '도저히 넘어설 수 없는', '모든 것을 알고 정확한 판단을 내리는 강한' 존재일 수밖에 없다. 그러나 가만히 손을 얹고 생각해 보라. 스스로가 아이의 그런 생각에 얼마나 못 미치는 존재인지.

우리 시대 주목해야 할 독일 철학자, 나탈리 크납은 「불확실한 날들의 철학」에서 말한다.

"아이들은 그들이 어떤 상황을 어떻게 판단해야 할지, 언제 행동이 필요한지 스스로 가늠하는 법을 차츰차츰 배워나간다."

어른들은 아이들보다 '훨씬' 나은 존재가 아니다. 단지 아이들보다 더 많은 시간을 살아오면서 생긴 경험치 덕분에 연습을 먼저 많이 해 본 것일 뿐. 그러니 아이들이 연습을 통해 차츰 그들의 방식을 배워 나갈 수 있도록 돕는 것. 이것이 부모로서, 교사로서 우리 어른이 해야 할 최선이다.

제 갈 길만 잘 찾아가면 된다

시끌벅적, 왁자지껄, 희희낙락…….

급식을 먹으러 가는 줄을 서는 아이들의 모습은 오늘도 부산스럽다.

최소 1m를 유지하라는 방역 수칙이 한 반에 30명이 넘는 아이들에게 가당키나 한가. 원칙대로라면 교실 내 한 줄 서기는 시도조차 말아야 한다. 4교시 시작부터 배고프다고 노래를 부르던 아이들에게 점심을 먹으러 가는 이 시간은 얼마나 행복한 시간인가. 2학년 아이들에게는 버거웠을, 붙들림의 4시간 수업에서 놓여나 비로소 자유로운 숨을 뱉어내는 시간. 그 달콤함에 취해 겨드랑이에 날개라도 돋친 듯 가뿐 날아오를 모양새다. 그렇게 흥이 돋아 손, 발이 새털처럼 가벼워진 아이들의 모습을 바라보고 있노라면 기꺼운 마음에 이 녀석들, 다 풀어놓고 싶어진다.

하고 싶다고 다 하면 안 되는 것이 어른들의 재미없는 삶이다.

오늘도 양떼몰이 목동처럼 아이들을 가지런히 세워 교통지도를 하고 각종 전달 말로 '재미없게' 하교 지도를 한다. 선생님이 하는 말에 재미라고는 1도 없음에 대한 반항인지, 줄의 앞머리에 섰던 남자아이 하나가 연신 머리와 어깨를 실룩거린다. 그렇게 계속 재미없으시면 나 혼자라도 신나 볼랍니다, 하는 듯이.

나와 눈이 마주치자, 잠시 주춤하더니 뭐라 하는 기색이 없으니 다시 흥겨운 몸짓을 이어간다. 몽글몽글한 아이의 파마머리가 실룩거리는 몸놀림을 더욱 경쾌하게 한다. 스스로 즐거울 수 있다는 것은 축복받은 재능이다. 아이의 재능이 빛바래지 않았으면 좋겠다.

매번 여학생과 남학생이 각 한 줄씩, 두 줄로 서

서 급식실로 향한다. 배식을 받을 때는 한 줄로 받아야 하므로 급식소 앞에서는 두 줄을 한 줄로 만들어야 한다. 여학생과 남학생 줄이 매일 번갈아 가며 먼저 배식해 왔다.

오래된 형광등의 깜빡임과 같은 나의 기억에 기대어 어제 누가 먼저 먹었던가, 잠시 생각해 본다. 여학생이 먼저 먹은 것 같다.

"오늘은 남학생이 먼저 먹는 날이다."

아이들에게 물어봤으면 더 정확했을 것을, 그렇게 호언을 하고는 앞장서 버렸다. "선생님!" 성큼성큼 내딛는 나를 붙드는 목소리가 있었다. 돌아보니 남학생 줄 세 번째에 서 있던 동훈(가명)이었다. 어제 자기들이 먼저 먹어서 오늘은 여자가 먼저 먹을 차례라고 말하고 있었다. 그럼 여자가 먼저 먹어야겠구나, 했더니 남학생 줄 앞부분에 서 있던 남자아이들 표정이 금세 달라졌다. 내 앞이라 큰소리로 하지는 못했지만, 사실을 말한 동훈이에게 왜 쓸데없는 말을 하냐는 타박을 하는 듯했다. 동훈이의 표정이 순간 머쓱해졌다. 사실을 말한 아이가 곤란에 처하면 안 된다.

"우리 반이 어떤 반이지?"
"행복하고 배려하는 정직한 반이요!"
"동훈이가 정직한 우리 반답게 정직하게 잘 말해주었다. 그치? 멋진데?"

사실을 말했으나 친구들의 타박에 곤란했던 동훈이 표정이 다시 환해진다. 먼저 배식받을 순서를 놓쳤다는 아쉬움에 동훈이를 질타했던 아이들이 서둘러 노선을 변경한다.

"선생님, 어제 저희가 먼저 먹은 게 맞아요! 오늘 여자들이 먼저 먹을 차례예요!"

어깨를 실룩거리던 펌 소년이 가장 큰 목소리로 외친다. 조금 아까는 동훈이에게 어깨를 바투 붙여 뭐라고 구시렁거리던 아이들 중 하나였다.
아이들은 순간의 이익 앞에 잠시 눈이 멀지만,

함께 만들었던 공동의 목표와 그 실현 가치를 일깨우면 금방 제자리를 찾는다.

눈앞의 이익을 부풀리며 우리를 유혹하는 것들은 얼마나 많은가. 우리의 마음은 또 얼마나 간사하게 갈대처럼 흔들리고 마는가. 그래도 굳건한 표지 하나 있다면, 그것의 가치를 잃지 않는다면, 자주 흔들리는 마음 자락 붙들어 줄 테지.

『시민의 교양』에서 저자 채사장은 "우리가 선택하지 않는다면 그건 선택하지 않는 게 아니라 관성처럼 하나의 방향을 선택하고 있는 거죠. 우리는 매번 현재를 유지하는 선택을 해 온 것입니다."라고 말한다.

내가 선택하지 않은 것들은 나의 책임이 아니라고 생각했다. 선택하지 않음은 '불편부당한 현재를 유지해도 좋다'는 선택과 같다는 말에 뜨끔해진다. 그러니 불편한 현실이 내가 원하는 대로 바뀌지 않는다고 성급하게 외면해서는 안 되는 거다.

꼬불꼬불, 삐뚤빼뚤, 오락가락, 갈팡질팡…….

급식실로 향하는 아이들의 한 줄 서기 모습은 도통 통일성이 없다. 참 자유로운 영혼들이다.

자유롭게 날아가도 제 갈 길만 잘 찾아가면 된다. 도착지가 어디인지, 어디로 향하고 있는지, 가는 방향만 제대로 안다면 말이다.

손편지의 온도
−2학년 아이들의 손편지를 들여다보며

학기 마지막 주.

오후에 교과서와 짐을 가지러 오라고 각 가정에
예고해 두었기 때문에 아침부터 마음이 분주하다.
사회적 거리두기 단계가 완화되지 않은 터라 방학
들어가기 전, 아이들이 새 학년 교과서를 받으러 오
는 날에 함께 챙겨 보내야 할 것들이 많다.

배부 목록에 있는 것들을 빠짐없이 각각의 책상
에 놓아두었는지 체크한다. 가장 잊지 말아야 할 통
지표와 방학생활계획 안내장, 아이들의 작품이 실
린 교지, 독서 인증서, 그리고 내일 화상 수업에 활
용할 수업 자료까지.

그 외에도 아이들 각자의 책상 속과 사물함 등

1장. 오늘도 학교 다녀오겠습니다

에는 등교를 하지 못한 기간 동안 활기를 잃은 아이들의 학용품들도 많다. 며칠 전부터 잊는 물건이 없도록 하나씩 점검했지만, 그래도 혹시 중요한 것을 놓치지는 않았는지 다시 확인한다.

오전 화상 수업을 끝내고 점심시간이 지나자 하나, 둘, 교실로 찾아드는 아이들. 어떤 아이는 엄마와, 또는 아빠, 할머니, 할아버지, 때로는 형제자매와 함께다. 자기 책상 위에 놓여있는 많은 물건들의 양에 놀랐는지 아이들의 눈이 휘둥그레진다. 다음 날 받아가기로 한 두 아이를 제외하고 28명의 아이들이 다양한 가족, 친지들과 함께 와서 그들의 물건을 챙겨간다. 함께 온 이들과 가벼운 인사를, 아이들과는 새 학년의 희망을 나눈다.

잠시 후, 우리 반 여자아이 하나가 홀로 들어온다. 마트에 장 보러 갈 때 끌고 가는 천 캐리어를 끌고. 혼자 왔냐고 물어보니, 혼자 왔단다. 요즘 화상 수업에 수업 준비물을 잘 갖추지 않고 들어오는 데다, 화상 수업 외에 해야 할 가정 학습을 잘하지 않던 아이다.

엄마는 집에 계시지 않느냐고 물어보니 계신단다. 짐이 많은데, 혼자 들고 갈 수 있을지 걱정이 되어 오늘 엄마 바쁘시냐고 물어보니 "네, 아기 보느라 바빠요." 한다.

알고 보니 엄마가 보름 전쯤 셋째 동생을 낳으셨단다.

큰아이가 초등학교 2학년인데 어린 둘째에 이어 갓난아기까지. 아이의 엄마는 얼마나 정신없는 하루를 보내고 있을까. 그런 사정도 모르고 수업 시작해서야 안내된 자료를 급조해 주시던 그 아이 엄마를 마음으로 몇 번을 타박했는지 모른다.

먼저 알았더라면 수업 자료를 미리 챙겨주었을 텐데. 그런 안내 문자 메시지도 볼 틈이 없었을 어린아이 셋 엄마의 고단할 일상이 그려진다. 화상 수업 시간을 꼬박꼬박 챙겨 들어와 2시간씩 수업을 받고 가던 이 아이가 그동안 얼마나 스스로 잘하고 있었던 것인지. 수업 준비는 미리 했어야지, 안 되어 있는 수업 결과물은 따로 해서 보내라, 고 채근

했던 나를 나무란다.

"엄마가 챙겨주시기 힘드셨을 텐데, 우리 00이
가 여태 혼자 준비해서 수업 듣느라 고생이 많았겠
구나."

아이의 환한 표정을 보니, 더 미안해진다. 물건
을 다 챙겨 교실을 나가기 전, 아이가 내 손에 들려
준 종이 조각 한 장, 연필로 꾹꾹 눌러쓴 '손편지'
다. 선생님과 헤어져서 아쉽다는, 언젠가 복도에서
만났으면 좋겠다는 마음을 담은.

39.5도

건강검진 결과 나의 심장 나이가 같은 연령에
비해 4살이 더 젊단다. 그래서 내 멋대로 일차방정
식 계산하여 산출한 나의 추상적인 '심장의 온도'
다. 내 심장을 녹여내어 누군가에게 편지를 쓴다면,
나의 편지의 온도는 저 언저리쯤 되지 않을까 생각
하며.

풋풋한 여고생 시절, 한 달간 말 안 하다 내 쪽이 지쳐 이제 그만 화해하자고 썼던 편지의 온도가 저 정도이지 않았을까 싶다. 사춘기 때 엄마의 마음을 휘갈기며 모진 말을 해대고는, 새벽에 일어나 후회하며 썼던 편지는 38.5도 정도(조금은 차분한 심장이 되어 썼을 테니). 대학 때 사귀자던 선배의 수줍은 고백 편지에 오히려 담담했으니 답장 편지는 39도 정도였을까? 지금 내 옆에 있는 평생 짝이 처음 보내온 편지엔 내 온 심장도 펄떡댔을 테니, 답장 편지는 아마도 치사량의 온도였으리.

초등학교 2학년 아이들의 손편지를 들여다본다. 아이들이 머릿속 생각을 짜내어 글을 쓸 때의 표정과 몸의 움직임을 떠올린다.

잔뜩 좁혀진 양미간과 힘이 들어가 앙다문 입 언저리, 완성되지 않은 소근육으로 잔뜩 힘이 들어간 채 꽉 연필을 움켜쥔 손. 손의 움직임은 다른 기관들의 조화롭지 않은 협응을 불러오기도 한다. 등을 잔뜩 웅크린다거나, 다리가 벌어진다거나, 팔꿈치가 점점 틀어진다거나······.

    아이들의 체온은 나보다 더 뜨거울 텐데. 거기
에 아이들의 팔딱이는 심장 박동을 더해 한 자, 한
자, 써 내려갔을 손편지는 몇 도나 될는지.
    편지를 읽어 내려가며 뜨거워지는 온기는 편지
의 것일까. 내 마음의 것일까.

너희는 모두,
꽃이야

"학교 선생님 하는 거 쉽지 않죠?"
"내가 무슨 '선생'인가 싶으시죠?"
"교사를 계속해야 할지, 고민되시죠?"

교직 생활 5년 차쯤, 교사들을 상대로 열린 한 연수에서 강사분이 던진 질문들이었다. 내 속마음을 들여다보고 하시는 말 같아 순간 움찔했다. 당시 나를 괴롭히던 고민 때문인지 그 예리함이 내 안에 더 깊이 들어와 꽂혔다.

초등학교 5학년 때 방과 후 친구의 보충 공부를 도와주었던 것이 계기가 되었던가. 친구가 어려워하던 것을 가르쳐 주면서 당시 나에게 가장 '큰' 사람이었던 '선생님' 역할을 흉내 내는 것이 좋았다. 난처한 이에게 도움을 준다는 기쁨은 뿌듯한 자긍심이었다. 막연하게 가르치는 일의 즐거움을 '맛'보았다. 그렇게 어릴 때부터 선생님이 되는 꿈을 키워왔기에 난 스스로를 '준비된 교사'라고 자부했었다.

그렇게 교직에 발을 들여놓은 지 5년 여쯤, 권태기가 찾아왔다.

내가 선생님이 되면 어릴 때 만났던 선생님들보다 나을 거야, 라는 생각은 오만이었다. 현실에서 만난 아이들은 생각만큼 예쁘지 않았다. 당황스러웠다. 난 준비된 교사였는데, 왜 이렇게밖에 못하는 걸까. 자괴감이 들었다.

'넌 다른 사람도 아니고 '선생님'이잖아. 아이들이 예쁘지 않은 네가 어떻게 아이들의 선생님이 된다는 거야?'

매일 내 안에서 들려오는 마음의 소리 때문에 괴로웠다. 그러던 시기에 그 강사분의 질문과 만난 것이었다. 오래전 일이라 그분이 하신 다른 말씀은 기억나지 않는다. 하지만 다음 두 가지 중 한 가지만 충족해도 계속 교사를 해도 된다는 말씀은 또렷이 기억에 남았다.

첫째, 아이들을 좋아하는가.
둘째, 가르치는 것을 좋아하는가.

귀가 번쩍 뜨였다. 지금 생각하면 이게 뭐 별거인가 싶지만 절박했던 당시의 나였기에 이 말은 한 줄기 계시와도 같았다. 가르치는 것만 좋아해도 교사를 계속해도 된다니. 아이들이 예쁘지 않아도 교단에 남아도 된다니.

그 말들은 교직에 대한 근본적인 소명 의식에 흔들리던 나의 마음을 고쳐 잡아주었다. 배부른 돼지보다 배고픈 소크라테스가 낫다 하지 않았던가. 고민은 성장의 발판이니 더 숙고해 보라는 추가 시간을 얻은 것 같았다.

희한한 것이, 가르치는 것을 좋아한다는 핑계로 아이들 곁에 계속 있었더니, 점점 아이들이 예뻐지더라는 것이었다. 다시 초심으로 돌아가니 눈에 띄는 아이들이 하나, 둘, 들어왔다. 그러더니 한 반 30명에 가까운 아이들 하나하나가 모두 들어오는 것이었다.

'자세히 보아야 예쁘다/ 오래 보아야 사랑스럽다.' 이제는 너무 많이 인용되어 식상할 수도 있는 나태주 시인의 시어처럼, 그냥 아이들 옆에서 오래 지켜보았더니 조금씩 예뻐지더라는 것이다. 교육이 왜 '만남'에서 시작되는지 아이들을 오래 만나보니 알겠더란 말이다.

여전히 고민은 계속된다. 20년이 넘게 지켜온 교실에서 나는 매일 아이들을 만나고, 아이들과 살아간다. 아이들로 인해 기쁘고, 괴로울 수밖에 없다. 많은 시간을 아이들과 부대끼다 보면, 내가 이만큼밖에 안 되는 사람인가, 라는 자존과 만나는 일이 수없이 생긴다. 그래도 이제 가르치는 것보다 더 많은 것들을 아이들에게서 배운다. 그 큰 배움을 얻었으니 이제 '제법' 선생이 되어 가는 것 같다.

아이들이 참 예쁘다.

매년 힘든 아이들이 있지만 그 아이들이 나를 전보다 더 어른으로 이끈다는 것을 경험으로 안다. 〈모두가 꽃이야〉 노랫말 가사처럼, 아이들은 '산에 피어도 꽃이고, 들에 피어도 꽃이고 길가에 피어도 꽃이고 모두 다 꽃'이다. 이 꽃밭에서 오래도록, 소명이 다하는 날까지 머물고 싶다.

지금은 기억에도 희미한 15년 전 그 강사분을 다시 만난다면 감사의 마음을 전하고 싶다. 그때 주신 질문과 답 덕분에 교직에 남아 오늘도 눈빛 초롱한 아이들을 계속 만나고 있다고. 하나도 똑같지 않은 아이들 덕분에 더이상 권태기가 끼어들 틈이 없다고 말이다.

대배우 윤여정에게 삶의 자세를 배운다.
목숨까지는 아니더라도 자신을 걸고 최선을 다하지
않으면 보는 이가 기분 나빠지는 것은 꼭 연기만의
이야기는 아닐 것이다. 누군가가 편하려고 작정하면
다른 누군가는 불편해지는 시소 같은 삶의 무게추.
이 추의 균형을 잘 맞추기 위해서는 내가 맡고 있는
나의 역할의 한 신(scene), 한 신에 마음을 다해야
한다는 것을. 그래야 비로소 떨림이 있는 삶을
이어갈 수 있다는 것을.

2장

[
20년 차 교사는
오늘도 배웁니다
]

20대 여교사가
60대 남교사에게 배운 세 가지
–'슬로우 앤 퀵' 룰은 삶에도 적용된다

　전교생이 64명이었던가. 주위가 논과 밭으로 둘러싸여 있던 시골 학교.

　20여 년 전, 나의 첫 임용지였다. 우리나라에서 단위 면적당 가장 인구수가 적다던 지방의 작은 마을 안쪽에 위치해 있던 곳이었다. 학생 수가 적어서 당연히 학급수도 6학급뿐이었다. 그나마 1, 2학년은 복식 학급으로, 교사 한 명이 1, 2학년 학생들을 한 교실에서 함께 지도했다. 실상 5개 반뿐인, 최소 규모의 학교였다.

　보통 쇠락한 시골 학교가 그렇듯, 과거에는 많은 학생들로 북적였던 시절도 있었을 터였다. 젊은 사람들이 도시로 떠나가고 노인들만 남은 시골엔 아이들도 귀하니 학교엔 자연적으로 빈 교실이 많아졌다. 드넓은 운동장에 뛰노는 몇 안 되는 학생들을 보고 있노라면 학생 수가 줄어드는 것이 아니라 운동장이 커져 가는 것만 같은 착각이 들 정도였다.

도시로 나가 살던 자식들이 이러저러한 이유로 어려운 형편인 시골 조부모 댁에 손주들만 맡긴 집들이 많았다. 그러니 아이들에게 방과 후 학원은 언감생심이었다. 몇 안 되는 학생들을 상대로 학원이 들어설 리도 없었다. 중소도시에서 학교를 다녔던 나의 어린 시절 동네보다 더 시골 같던 곳이 내 첫 부임지였다.

첫 학교, 첫 수업, 첫 제자… 그곳에서는 모든 것들이 '첫' 번째 경험이었다. 여러 가지 첫 경험 중, 다른 선생님들과 함께 하는 사회생활은 이전에 기간제 교사로 있던 경험과는 사뭇 달랐다. 이제 갓 발령받아 아무것도 모르던 내게 꼬박꼬박 '선생님' 호칭을 붙여주시며 존중해주시던 교감, 교장선생님과 다른 선배 선생님들 덕분에 피상적으로나마 쫄

　　　　　2장. 20년 차 교사는 오늘도 배웁니다

보 신세를 면할 수 있었다.

처음 맡은 학년이 5학년이었다. 한 학년에 한 반씩 밖에 없다 보니 동학년이라고 할 것도 없었다. 그래서 1~2학년, 3~4학년, 5~6학년 2개 학년씩을 묶어 함께 교육과정을 짜고 행사도 함께 치렀다. 5학년과 6학년이 같은 날, 같은 장소로 함께 현장체험학습을 가는 식이었다. 그러다 보니 자연스럽게 6학년 선생님과 많은 것을 의논하고 공유해야 했다.

우리 반 바로 옆이 6학년 교실이었다. 6학년 담임 선생님은 정년을 2년 정도 앞둔 60대 남자 선생님이셨다. 원래대로라면 이미 정년을 하셨을 연세였지만 호적에 늦게 오른 덕분에 다른 분들보다 2년 정도 더 할 수 있다고 좋아하셨던 기억이 난다. 이분이 머리가 어느 정도 벗어지신 분인지는 아무도 몰랐지만 부분 가발을 쓰셨던 건 분명했다. 가끔 시골 바람이 휑— 불 때면 그것이 날아갈세라 손으로 꼭꼭 누르곤 하셨는데 이 모습이 우스워서 당시

미혼이었던 유치원 선생님과 눈빛을 교환하며 웃음을 꾹꾹 눌러 참느라 혼나곤 했었다. 당시에는 교직의 생리에 서투르기만 했던 나는, 그 연세쯤 되셨으면 교감, 교장을 하셔야지, 왜 평교사로 남아계시는지도 의문스러웠다.

게다가 그분은 경기도에 본댁이 있던 분이셨다. 당시에 전국적으로 명예퇴직(이하 '명퇴') 붐이 일어 명퇴 교사가 많았던 때였다. 그러다 보니 오히려 교사 수급상에 문제가 생겨 내가 있던 지역에서는 명퇴 교사에게도 복직의 기회를 열어주었다. 그 기회를 잡고 다시 학교로 들어오신 분이셨다.

그 연세에 무슨 연유로 가족들과 떨어져 그곳까지 내려오셔서 홀로 밥 지어 드시며 시골 생활을 하시는 걸까? 세상 경험이 부족했던 나는 생각의 수준도 높지 못했다.

교사 수가 적다 보니 좋은 의미에서는 가족 같았지만, 직장 동료들이 가족처럼 편할 수는 없었다. 아침부터 퇴근할 때까지 교실 밖만 나오면 드러나는 나의 일거수일투족이 여간 불편한 게 아니었다.

다른 사람들 눈에 뜨이는 게 거북해서 화장실도 두 번 갈 것을 꾹꾹 참아 한 번만 가기도 했다.

어르신들은 참 궁금한 것이 많으셨다. 이 선생님께서도 나를 볼 때마다 뭔가를 자꾸 물어보셨는데, 가끔은 매우 사적인 질문도 아무렇지 않게 하셨다. 남자 친구가 있냐고 물으셔서 있다고 했더니 몇 살인지, 뭐하는 사람인지 꼬치꼬치 캐물으셔서 좀 난감했다. 그래서 일적인 것 외엔 되도록이면 동선이 안 겹치도록 신경을 썼다. 그래도 거북할 정도는 아니었다. 가족과 떨어져 홀로 계시면서 많이 적적하시구나, 싶었다. 한편 내 아버지인 듯 안쓰러운 마음도 들었다.

명퇴 이전에는 관리자 승진을 위해 교무부장도 여러 해 하셨다던 그분은 교육과정에 있어서는 '척척박사'셨다. 뭘 여쭤봐도 다 알려주시고 내가 잘못 알아듣는 것 같으면 교육과정을 미리 짜시고는 그대로 가져다 쓰라고 하셨다. 그땐 너무 감사했는데 지나 보니 나중에 혼자 해야 했을 땐 처음부터 다시 공부하느라 버거울 때도 있었다.

그 선생님이 가르쳐 주셨던 많은 것들 중 가장 기억에 남는 것이 있다. 바로 '슬로우 앤 퀵(slow and quick)' 룰이다. 당시 초보 운전자였던 내게 운전할 때 이거 하나만 기억하라고 가르쳐주신 것이었다. 직선 도로에 비해 굴곡진 도로를 운전할 때 어렵다고 했더니 해 주신 말씀이셨다. 곡선 도로에 진입할 때는 '슬로우', 일단 들어서면 '퀵', 하고 빠져나오면 된다고 하셨다. 그 말씀은 20여 년이 지난 지금도 곡선 도로를 만날 때마다 떠오르는 명언이다. 실제로 이 '슬로우 앤 퀵'을 머릿속에 떠올리며 운전하다 보면 어려운 곡선 구간을 운전할 때도 내가 굉장히 운전을 잘하는 것 같은 착각에 빠지곤 한다.

그런데 이 '슬로우 앤 퀵'이 비단 운전에만 국한된 룰은 아닌 것 같다. 살다 보면 굴곡진 길은 도로에서만 만나는 것이 아니다. 삶이라는 여정길에는 미리 표지판 안내도 없이 급회전 도로가 수없이 튀어나온다. 도로에서야 표지판이 알려주니 미리 마음의 준비를 하거나 속력이라도 늦추어 보련만, 삶에서 갑작스럽게 만나는 곡선 도로는 당황스럽다. 미처 속도를 늦출 새도 없이 진입하면 영락없이 굴곡진 모서리에 부딪히고 만다.

그렇게 다르거나 비슷한 경험이 쌓이다 보면 나도 모르게 어디서 속도를 늦춰야 할지, 어디서 올려야 할지, 감이 온다. '삶의 슬로우 앤 퀵 감각'이 붙는 것이다.

이제는 운전할 때뿐 아니라 살아가면서도 이 감각을 떠올린다. 여전히 얼마나 '슬로우' 해야 할지, 얼마나 '퀵'해야 할지는 미지수다. 그때그때 다르다. 그래도 이런 감각이 있어 앞으로 올지 모를 어떤 종류의 곡선 도로도 잘 타고 넘어갈 수 있을 것 같다.

그때 60대 선생님께 배웠던 세 가지는 이것이다.
―곡선 도로를 운전할 때는 슬로우 앤 퀵, 룰로 운전한다. : 굴곡진 삶에서도 마찬가지다.

—호적에 한, 두 해 늦게 오르면 인생 후반부에 웃을 일이 생긴다. : 초반에 의도치 않는 방향으로 일이 진척되어 가도 인생은 새옹지마. 나중에 어떤 웃을 일로 돌아올지 모른다.

　—때로 선한 사람들이 승진의 기회를 놓치는 경우가 종종 있다. : 아등바등하지 말자. 살아보니 높은 자리에 올라갈 그릇이 아닌 사람들이 더 높이 오른 경우가 많더라.

　이제 나는 20대 때의 나보다 60대 때의 그 선생님에게 더 가까워지는 나이가 되었다. 그때는 이해할 수 없었던, 온갖 미스터리했던 그분의 일들을 이제는 다 이해할 수 있을 것만 같다. 그분께 안부인사를 전하고 싶다. 그때 알려주셨던 삶의 지혜로 이리저리 부딪히면서도 그런대로 방향을 잡아가고 있다고. 궁금해하시며 꼬치꼬치 물어보셨던 그때 그 남자 친구와 결혼해서 여태껏 그럭저럭 잘 살아가고 있다고.

하루 한 알,
보건 선생님이 주신 알약의 비밀

–코로나 백신 접종을 '노시보'가 아닌
'플라시보' 효과로 받아들이고 싶다

내가 근무하던 학교에 입학했던 딸아이는 초등학교 1학년 때 자주 배가 아파했다.

'자주'가 말이 자주이지 매일 하루 한 번은 꼭 보건실에 갔다. 오전 수업밖에 안 하는 1학년 수업 일과 중 어쩔 땐 두 번을 다녀오기도 했다.

아침에 집에서 밥 먹고 나올 때까지 아무렇지도 않았던 아이가 학교에 와서 수업을 하다 보면 머리나 배가 아파진다니, 도통 원인을 알 수가 없었다. 하나부터 열까지 알뜰살뜰 챙기는 엄마는 아니었지만, 딸아이가 매일 보건실에 간다는데 신경이 안 쓰일 수가 없었다. 딸아이가 진짜 어디가 아픈 것은 아닌가, 걱정이 되었다.

학생들이 모두 하교한 어느 날 오후, 보건실에 잠시 들러 보았다. 그날도 보건실은 문전성시였다. 학생 수가 많지 않은 학교에서 보건실이 북적댄다는 건 한 가지 이유밖에 없다. 보건 선생님이 따뜻한 분이신 거다. 그 보건 선생님도 항상 밝은 에너지를 발산하시며 얼굴에 미소가 가득하신 분이셨다.

"선생님, 제 아이가 매일 보건실에 온다면서요? 집에서는 아무렇지 않았는데 뭐가 문제일까요?"
"아이들이 뭐 다 그렇죠. 긴장되거나 하기 싫은 일을 하거나 하면 몸이 반응하는 거니까요."

보건 선생님은 특유의 웃음을 만면에 띠며 별일 아니라는 듯이 말씀하셨다.

"선생님께서 너무 잘해 주시니 아이가 매일 오나 봐요."

별일 아니라는 말씀에 나 혼자 심각해지기도 뭐해서 가볍게 대꾸했다. 그래도 아이가 매일 보건실에 올 때마다 이분이 아이를 어떻게 처치하시는지 궁금했다. 과연, 아이들이 배나 머리가 아프다고 오면 보건 선생님께서 주시는 '만병통치약'이 있었으니, 그것은 '비타민'이었다.

선생님은 그게 뭘까? 궁금해하는 내게 하나를 건네주셨다. 그것은 조금 큰 단추만 한 크기에 둥글납작한 모양의 노란색 영양 보조제였다. 아이가 삼키기엔 무리가 있는 크기라 받아 들면 으레 입안에서 천천히 혀로 굴려 녹여 먹어야 했다.

비타민을 받아먹어 보고서야 나는 딸아이가 왜 그렇게 자주 보건실을 가는지 알게 되었다.

노란 색깔의 비타민은 시각을 통해 밝은 기운이 뇌에 전달되며 금세 기분을 업 시켜 주었다. 혀로 굴려 녹일 때 입 안 가득 퍼지는 새콤달콤한 맛은 미각 중추를 자극했다. 무엇보다도 보건실엔 항상 따뜻한 미소로 반겨주시는 보건 선생님이 계셨다.

딸아이는 배가 아플 때나, 머리가 아프다고 보건실을 찾을 때마다 선생님이 주시는 이 노란 약을 먹기만 하면 금방 증상이 완화되었기 때문에 그렇게 자주 보건실을 찾았던 것이다. 아이에게 필요했던 것은 따뜻하고 달달한 '관심의 맛'이었던 것이다. 아이는 보건 선생님께서 주시는 약이 비타민인 줄은 알았지만 그것이 머리나 배가 아플 때 먹는 진통제의 다른 이름쯤으로 알고 있었다.

보건 선생님께서 아픈 데를 낫게 하는 약이라고 건네주셨으니 아이는 (그 약을 먹으면) 곧 나을 거라는 믿음으로 먹었을 터였다. 과연 비타민은 어떤 진통제보다도 또렷한 효과를 나타내 주었다. '플라시보 효과'(환자가 약효를 믿으면 효과 없는 약에도 병세가 개선되는 현상)였던 것이다.

이렇게 '이루어질 거라는 기대의 긍정적인 효과'를 반영하는 말이 플라시보 효과라면, 이와 반대 개념으로 '노시보 효과'라는 말도 있다. 의사가 올바로 약을 처방해주어도 환자가 이에 의심을 품으면 약효과를 낼 수 없을 때 쓰는 말이다. '부정적인 암시가 초래하는 부정적인 결과'를 나타낸다.

우리는 작년 한 해 동안, 아니 여전히 노시보 효과 속에 살아가고 있는지 모른다. 원인을 제대로 알 수 없는 병원균에 대한 공포가 극에 달했을 때는 만난 사람이 없었어도 왠지 두통이 나는 것 같고, 몸 어딘가 열감이 느껴지기도 했다. 그렇지만 그것은 스스로가 불러온 착각이었을 뿐이었다.

항시 마스크를 쓰고 손을 자주 씻는 기본적인 방역 지침 이행만으로도 감기 한 번 안 걸리고 한 해를 보냈다. 아들 녀석은 알레르기가 심해서 환절기 때마다 병원에서 항생제가 포함된 감기약을 먹어야 했다. 그래야 그나마 상태를 유지하던 아들 녀석도 작년 한 해 동안 한 번도 병원을 가지 않았다.

요즘 각종 포털이나 매스컴에서 코로나 백신 접종 후 병세가 악화되었다느니, 심지어는 사망했다는 소식까지 전한다. 전 세계 2억여 명에 달하는 코로나 백신 접종에도 이로 인한 직접적인 사망이 보고되지 않았다는데 우리나라에서만 백신 접종 2주 만에 몇 명에 달하는 사망자가 발생했다는 뉴스가 가당키나 한 일인가 말이다.

　백신의 수급 관계상 하반기로 예정되어 있던 교사들의 백신 접종 일정이 앞당겨질 수 있다고 한다. 나는 평소에 독감 주사도 안 맞던 사람이고, 약으로 몸을 치료하는 것을 좋아하지도 않는 사람이다. 그러다 보니 어떤 예방 주사도 맞고 싶지 않다는 게 솔직한 심정이다. 마스크 잘 쓰고 철저히 위생 관리하면 지금처럼 코로나로부터 나를 지킬 수 있을 거라는 믿음도 있다. 이번 백신을 맞는다고 해서 변종 코로나까지 다 예방이 될 거라 생각하지도 않는다.

　그럼에도 불구하고! 먼저 맞아야 한다면 맞을 생각이다. 이제 코로나 백신 접종은 내 몸 하나만을 지키기 위함이 아니란 걸 알기 때문이다.

　백신을 우선 맞아야만 하는 대상자로서 백신 접종이 보건 선생님의 노란 비타민보다 훨씬 강한 '위약 효과'를 가져다 주기를 바란다. 공포와 두려움으로 효과를 반감시키거나 심리적인 불안감으로 인한 부정적인 결과를 바라지 않는다.

그러니, 노시보 효과를 불러들이는 주술이라도 부리는 것이 아니라면, 나보다 더 앞장서서 맞아줄 것이 아니라면, 검증되지 않은 백신의 악영향을 함부로 퍼뜨리는 목소리는 제발 자중했으면 좋겠다.

딸아이의 3천 원짜리 다이소표
성탄절 선물

－가치는 소재나 가격이 아닌 '쓸모'에 있는 것

바쁘다, 바빠!

오늘도 여지없이 정신없는 출근 준비다. 5분 꾸물거림의 나비효과는 현관문을 박차고 나갈 즈음엔 3배는 더한 재앙으로 다가온다. 매번 나를 질책하면서도 일어나자마자 내 마음이 향하는 방식대로 움직이는 본능은 뇌로 제어가 안 된다. 인간은 '생각하는' 동물이라 하신 아리스토텔레스 엉아께는 죄송하지만, 나는 '마음이 향하는 대로 하는 동물'이다.

이번 주 내내 '매우 추울 예정'이라는 일기예보를 들었으면, 그 일주일의 첫날에 대비 없이 나갔다가 꽁꽁 언 운전대에 식겁해 봤으면, 그날 저녁에는 장갑을 준비해서 식탁 위에 곱게 놓아두었어야 할 것이 아니던가. 마음이 향하는 대로 사는 난, 전날 저녁에도 내가 하고 싶은 것만 하면서 시간을 보내고 말았다. 그러느라 아끼던 까만 가죽 장갑의 행방은 오리무중이었다. 작년 겨울 내내 내 손을 첫사랑 그이보다 따숩게 데워주었던 장갑. 어딘가 곱게 모셔놨음이 분명한데 말이다.

이미 출근 시간은 늦었고, 오늘은 어제보다 더 추울 것이라는데. 내 멋진 까만 장갑은 애타는 주인의 마음을 알아서 스스로 나타나 주지는 않을 것이고. 이대로 현관문을 나서기는 두렵고. 이 일을 어쩐다? 순간, 아리스토텔레스 엉아께서 내게 친히 영접하시어 '생각'이란 것을 하게 하시었다.

2년 전인가, 3년 전인가. 가물가물 더듬어 생각해 보니, 딸아이가 5학년 때였던 4년 전의 성탄절이었나 보다. 그해 성탄절을 앞두고 딸이 다이소에서 엄마, 아빠 선물이라고 사다 준 장갑이 퍼뜩! 생각난 것이었다.

각각 3천 원, 5천 원씩 주고 샀다며 엄마에게는 털장갑을, 아빠에게는 목도리를 선물 상자에 곱게 담아 건넨 딸아이 앞에서 우리 부부는 표정 관리하느라 꽤 힘들었었다. 평소에도 눈치가 몇 프로 부족한 남편이 선물 상자가 더 비싸 보인다고 하는 걸 옆에서 쿡 찔러 말려서 그 난감한 상황을 무마했었다.

우리 반에서 미래의 꿈에 대해 이야기할 때 커서 엄마에게 천만 원짜리 에르○스 가방을 사주겠다던 당찬(?) 포부의 초등 2학년 아이도 있던데, 그때 5학년 우리 딸아이는 이런 방면으로는 참 철이 늦게 드는 듯하였으니 웃어야 할지, 울어야 할지(중 3인 딸은 지금도 그 상태 비슷하다. 아니다. 장갑이라도 받을 때가 꽃시절이었나).

그 정성이야 고맙기 한량없다. 하지만 나와 남편의 사회적 지위(?)와 나이를 고려하지 않을 수 없었다. 그렇게 포장 상자가 본 선물의 절반 값 이상인 그 물건들을 침대방 통 거울 서랍에 고이 모셔두었다. 그게 '생각난' 것이었다.

후다닥 달려가 서랍을 열어보았다. 과연, 우리 집에 들어온 뒤로 3번이나 계절이 지났음에도 햇볕 한 번 못 쬐고 동굴과 같은 그곳에서 긴긴 겨울잠을 자고 있었을 장갑이 첫날밤을 맞은 새색시처럼 얌전히 놓여 있었다.

손에 끼어보니 보통 사람보다 작은 내 손에 신데렐라의 구두 한 짝처럼 똑 맞아떨어지는 것이었다. 추워 죽을지도 모르는데 소재의 질감이나 가격과 브랜드가 주는 선입견 따위는 중요한 문제가 아니었다. 오히려 생각보다 따뜻하고, 손가락 끝에 스마트폰 터치용 처리도 되어 있는 것이 3천 원 받아서 업자에게 남는 게 있겠나, 싶을 정도였다.

작년까지도 나의 겨울 손을 '격조'와 '품위'로 감싸주던 까만 가죽 장갑은 핸드폰을 터치할 수 없어서 매번 좀 불편했었다. 이왕 말이 나왔으니 그 아이(가죽 장갑) 뒷담화 좀 하자.

녀석은 어쩌다 전날 하차할 때 깜빡 잊고 차 안에 두고 내린 다음 날 아침엔, 영하의 차 안에서 마치 살아있는 가죽처럼 긴장한 상태로 뻣뻣하게 내

손을 맞이했다. 다시 그 격조와 품위를 되찾기까지
는 감내해야 할 인고의 시간이 필요했다. 조금 까칠
하고 매우 도도했던 아이. 그 아이 역시 돈을 더 주
고 수고로움을 자처한 '아이러니한 소비'의 결과물
인 셈이었다.

이날 아침 딸아이의 다이소표 장갑은 혹한의 전
쟁터로 향하는 나의 맨손을 단단히 지켜준 천군만
마였다. 몰라보고 홀대했던 주인에게도, 장갑은 본
분의 소임을 조금도 흐트러뜨리지 않고, 그 역할을
충실히 다해주었다. 값비싼 종이 상자로 포장될만
한 충분한 가치가 있는 아이였다.

장갑이야 감정 없고 말 못 하는 미물이니 이런
주인을 위해서도 충성을 다해주었지만, 감정이 있
는 존재였다면 어땠을까.
걸친 옷의 무게가 가볍다고 옷을 입은 사람마저
가볍게 본 적은 없었는지, 이제는 안중에도 없어진
까만 가죽 장갑 너머로 나의 오만한 생각들을 밀어
내 본다.

'쑥'의 배신

　집을 나설 때는 호기로웠다. 생각보다 바람이
조금 찼지만 그래도 좋았다. 딸이 따라나서 주니 더
흥이 났다. 그렇게 나의 봄맞이 쑥 캐기는 기분 좋
은 출발이었다.

　친구들이 톡으로 날려주는 봄 전령사들의 사진
을 방구석에서 보고만 있으려니 엉덩이가 들썩거
렸다. 유난히 봄을 좋아해서 봄을 많이 타는 내가
홍매화, 개나리, 진달래 등의 봄꽃 사진을 핸드폰으
로만 바라보고 있을 수는 없었다.

　"쑥 캐러 가자~!"

어릴 적, 봄이면 엄마가 당신 자식들에게 그러셨던 것처럼 나도 내 아이들에게 목청 돋워 보았다. 사춘기 10대 아이들이 따라나설까 싶었는데 다행히 딸아이가 동행해 주었다. 아이들이 초등학교 저학년 때까지는 봄이면 함께 쑥을 캐러 갔던 것 같은데 어느샌가 그것도 옛일이 되어 버렸다.

작년 봄은 말이 봄이었지, 바깥출입을 억제하며 그냥 흘려보낸 계절이 아니었던가. 봄을 그냥 창 너머로 '봄'만 하다 흘려보낸 나의 최애 계절을 올해는 그냥 지나치지 않으리라, 마음먹었다.

집 근처에 '산'이라고까지 부르기엔 민망하지만 나지막한 언덕배기가 있다. 높은 경사는 아니지만 제법 소나무, 떡갈나무도 우거지고 4월이면 등선 따라 철쭉이 만발하는 곳이다. 도심 속에서 나무 사이 흙길을 밟을 수 있는 곳이라 동네 주민들의 발길이 제법 잦은 곳이기도 하다.

새벽이슬처럼 작게 맺힌 철쭉 꽃망울을 보니 봄기운이 훅— 들어오는 것 같았다. 왠지 오늘 우리의 쑥 캐기 이벤트에 상서로운 기운을 돋우는 듯했다.

"엄마, 쑥으로 전도 부쳐 먹는대. 국 끓이고 남으면 전도 부쳐 먹자."

"어이구~ 쑥을 그렇게나 많이 캐려고? 국 끓여 먹을 정도만 캘 거야."

하면서도 머릿속에는 벌써 쑥전이 그려지고 있었다. '쑥'하면 떠오르는 특유의 색감 때문인지, 톡 튀어 오르는 어감 때문인지, 쑥을 캐러 가는 발길이 한껏 들떴다. 아이가 어릴 때 함께 쑥을 캐곤 했던 자리에 가보니 과연 쑥 더미가 옹기종기 모여 있었다. 그래도 아직 때가 이른지 쑥이 잘고 많이 올라오지 않아서 정말 한 번 국 끓여 먹을 정도의 양만 캘 수 있었다.

풀어놓은 된장을 한소끔 끓인 뒤, 여린 쑥이라 제일 마지막에 넣어 살짝 끓여 저녁 식탁에 내었다. 된장 국물과 어우러지며 온 집 안에 퍼질 쑥 향과 더불어 집 안 가득 봄 향이 그윽하게 채워지길 기대하며.

그런데 웬일인지 쑥 향이 하나도 안 나는 것이었다!

원래 후각이 덜 예민한 편이라 내가 냄새를 제대로 맡지 못하나 했는데, 개코인 남편도 쑥국을 먹어보더니 쑥 향과 맛이 하나도 안 난다는 것이었다. 오늘 캔 것이 쑥이 맞긴 하냐는, 다분히 놀림 가득한 질문에는 부아가 치밀었다.

뭐가 문제지? 너무 어린 쑥은 향이 안 나? 쑥이 향을 충분히 머금으려면 어느 정도 자라는 기간이 필요한 것인가? 예년에는 4월경에 쑥을 캤던 기억이 나서 아직은 덜 자란 쑥을 캔 것이 원인인가, 막연하게 짐작만 할 뿐 나로서는 알 재간이 없었다.

저녁을 먹은 후 경험 많으신 친정엄마께 전화를 걸어 어린 쑥은 향이 안 나는 거냐고 여쭤보았다. 엄마도 그런 말은 금시초문이라 하셨다. 쑥한테 배신당했다고 하니, 친정엄마가 그러셨다.

"야야, 네가 너무 기대가 커서 실망도 큰 거다!"

그거였을까? 한 움큼 정도밖에 안 되는 쑥을 캐 놓고는 쑥떡 같은 거라도 기대한 것이었나.

그러고 보니 3월도 3주나 훌쩍 흘러가는 마당에 우리 반 아이들에게 마스크를 벗은 온전한 내 얼굴을 보여 준 적이 없었다. 얼굴의 2/3를 마스크로 가린 채 눈만 보는 상황에서는 상상력이 발동할 수밖에 없다. 그래서 아이들의 기대가 커질까봐 걱정이 되었다. 마스크를 벗은 온전한 담임선생님의 얼굴을 보고 우리 반 아이들이 실망할까 봐. 마스크에 가려진 깊은 팔자 주름을 모르고 담임을 젊고 예쁜 사람으로 기대하고 있으면 어쩌나, 하고.

여태까지는 아이들의 식습관 관찰 및 급식실 식사예절 교육 차원에서 아이들이 급식을 다 먹은 후에야 점심을 먹었다. 그러다 보니 아이들이 마스크를 벗은 내 모습을 본 적이 없었다.

드디어 오늘, 급식 시간에 용기를 내어(!) 아이

들과 함께 급식을 먹었다. 마스크를 벗고 아이들 옆에서 밥을 먹는 담임을 처음 보니, 아이들이 신기했나 보다. 흘끔흘끔 쳐다보는 게 느껴졌다. 밥을 다 먹은 여자아이 하나가 다가오더니,

"선생님, 마스크 벗은 모습 처음 봐요."

하는 것이었다.

"그래? 생각했던 거랑 많이 다르니?"

내심 조마조마해하며 물었다.

"아니요! 제가 생각했던 얼굴이랑 똑같아요!"

하며 아이는 웃어 주었다. 그 말이 고맙기도 하고, 기쁘기도 하고. 참, 이게 뭐라고.

나이를 먹으면서 이제 '타고난 생긴 것'으로서의 나에 대한 관심은 갈수록 옅어진다. 그래도 예뻐

보이고 싶을 때가 있다. 학부모 공개수업에 참석할 때 내 아이에게만은 예쁜 엄마였으면 좋겠다. 그리고 내 반 아이들에게도 예뻐 보이고 싶다. 아이들이 학교에 와서 매일 보는 담임선생님이 예뻐서, 좋아서라도 매일 학교 오는 게 즐거운 발걸음이었으면 좋겠다. 그래서 예쁘다는 말을 들었던 것도 아닌데, 생각했던 거랑 똑같다던 아이의 말에 용기가 생긴다. 그 말을 하던 아이가 함박웃음을 보여주어서 더 그랬던 건지도 모르겠다.

아이들은 있는 그대로 보아주고 받아들인다. 가감해 계산하지 않는다. 작은 몸에 커다란 마음 주머니가 하나씩 들어있나 보다. 내 마음 주머니는 언제부터 이렇게 쪼그라든 걸까. 들인 노력에 비해 항상 더 큰 것을 바라는 부끄러운 마음을 도로 주워 담는다.

결국 생소한 된장국 안의 쑥을 거부하는 내 아이들 덕분에(?) 된장국에 겉돌던 쑥은 모두 내 차지가 되었다. 기대했던 쑥 향이 1도 안 나는 쑥 된장국 한 대접은 실망 한 대접이었지만, 마음을 고쳐먹는다.

그래도 내가 생각했던 쑥이랑 똑같지 않았냐고. 덕분에 봄날의 오후를 만끽하지 않았느냐고. 덕분에 친정엄마랑 통화 한번 더하지 않았느냐고. 덕분에 난 오늘 글 하나를 써낼 수 있지 않았느냐고 말이다.

누군가에게
'노랑 우산'이 된다는 것

    밤에 잠들기 전 하는 일 중 하나가 다음날 날씨를 확인하고 날씨에 맞는 옷을 미리 골라 놓는 일이다. 옷을 전날부터 골라 놓다니, 꽤나 패셔니스타인가 보다 싶겠지만, 실상은 그것과는 거리가 멀다.

    여느 집이나 일하는 엄마에겐 일상이겠지만, 아이들이 어렸을 때(스스로 옷을 챙겨 입지 못할 정도로 어렸을 때) 남편이 먼저 출근한 뒤로 아이 둘을 씻기고 아침을 먹인 후 옷을 입히는 전쟁을 매일 치러야 했다. 그 소동 뒤, 나의 출근복을 고를라치면 바쁜 출근 시간은 속옷 위에 코트만 걸친대도 모자랄 판이었다.

    그래서 전날 밤, 아이들을 모두 재우고 나면 다

음날 아이들에게 입힐 상, 하의와 양말까지 몸만 쏙 들어가면 되도록 맞춰놓는 일이 하루를 마무리하는 일과 중 하나였다. 덩달아 내 옷까지 준비해 두던 버릇은 그때보다는 훨씬 덜하지만 여전히 바쁜 출근 시간에 매우 유용한 습관으로 남아있다.

오후부터 비가 온다는 일기예보를 아이들에게도 알려주고 우산까지 잘 챙겨 나온 아침의 행보는 충분히 칭찬받을 만한 일이었다. 그런데 일 분, 일 초가 아쉬운 출근길은 어김없이 조급증을 유발했다. 숨 한 번 돌렸더라면 조수석에 비스듬히 놓아둔 우산을 놓치지 않았을 텐데. 출근 시간엔 차를 주차시키자마자 튀어 나가기 바쁘니 우산은 안중에도 없어졌다.

하루 일과를 보내고 나보다 먼저 퇴근하시던 옆 반 선생님께서 지나가시며,

"비 와요."

했을 때도 실감하지 못했다. 일을 마무리하고 가뿐한 마음으로 교실 문을 나설 때에야 복도 창밖으로 우산을 쓰고 지나가는 행인이 눈에 들어왔다. 공공재 중 '학교'가 제일 부실한 건물이라지만 내가 근무하는 학교는 BTL(Build—Transfer—Lease: 민간이 공공시설을 짓고 정부가 시설임대료를 지불하는 방식)로 지어진 건물이라 역시 다른지 철철 내리는 빗소리는 창문을 열기 전까진 잘 들리지 않는다.

그때서야 아침에 집에서 잘 챙겨 나왔던 우산을 차에 고이 두고 내렸었다는 것이 기억났다. 아오, 이럴 때 쓰라고 욕이 생겨난 게 틀림없었다. 학생들이 오전에 우산을 가져왔다가 하교할 때 비가 내리지 않으면 그냥 두고 가는 아이들이 꼭 한, 둘 있기 마련이라 점심 먹으러 가기 위해 줄을 섰을 때 복창을 시켰었다.

"집에 갈 때 우산을 꼭 챙겨 갑니다!"

니 우산이나 잘 챙겨 다니라고 스스로에게 퉁을

주었다. 혹시나, 하는 실낱같은 희망으로 교실 우산 통을 얼른 들여다보았다. 접으면 키가 작아져 놓고 간 3단 우산이라도 하나 들어있길 바라면서.

이럴 때는 아이들이 너무 담임 말을 잘 들어도 탈이다. 어찌하여 31명 중 한 명도 깜빡하고 가는 아이가 없더란 말인가. 우산을 챙겨가라는 복창 소리가 너무 우렁차서 아이들에게 제대로 각인이 되었나. 아이들이 하교할 때 아직 비가 오기 전이라 몇 아이는 놓고 갔을 수도 있겠거니, 하던 나의 예상은 여지없이 빗나가고 말았다.

대략 난감한 순간이었지만, 그날따라 처리할 일로 평소보다 더 늦어지는 바람에 다른 교실에서 빌릴 수 있는 기회도 날아가 버렸다. 비가 오는 날이라 다들 더 깔끔한 칼퇴를 했는지 교실마다 문이 굳게 닫혀 있었다.

어쩔 수 있나. 오늘은 비를 맞으라는 운명인가 보다. 반쯤은 체념한 채 비와 맞닥뜨릴 마음의 준비를 했다. 퇴근길의 마지막 남은 뽀송함을 촘촘히 누리리라 마음도 먹었다.

　그때! 내 눈에 번쩍, 들어온 것이 있었다.
　3학년 어느 반 옆을 지나가려는데 굳게 닫힌 교실 문밖으로 나와 있는 우산 통 안에 '노랑' 우산이 하나 꽂혀 있는 것이었다. 너무나 반가워 꺅, 소리가 절로 나왔다. 우리 반에 있었으면, 하고 바랐던 우산 깜빡이 아이가 고맙게도 그 반에 있었던 모양이었다.

　우산 통에 마지막으로 남아있는 우산은 대개 우산살이 부러졌거나, 제대로 펼쳐지지 않거나, 자동 손잡이가 고장 난 상태일 경우가 많다. 그렇더라도 감지덕지했을 것이었다. 그런데 우산을 펼쳐보니 너무 멀쩡하게 작동이 되어 오히려 조금 놀랐다. 어딘가 한 군데 부실해야 빌려가는 마음이 조금은 더 가뿐할 것 같아서였을까.
　우산에서 딱 하나, 굳이 흠을 찾아보라고 한다면 중년의 정장 차림 여인에게는 좀처럼 어울릴 것 같지 않은 개나리 노란색이라는 것. 우산의 색깔 정도였다.

하지만 이것저것 가릴 처지도 아닌 내게 그 정도는 아무것도 아니었다. 조금 전까지만 하더라도 그날의 나의 행복은 학교 건물 현관문을 열고 나가는 순간 끝 날것임을 각오하지 않았던가. 우산에 검은 네임펜으로 쓰인 아이의 이름 석 자가 또렷이 눈에 들어왔다.

'○○아, 잘 쓰고 내일 갖다 놓을게. 고마워.'

얼굴도 모르는 우산 주인 아이에 대한 고마운 마음은 건물 현관문을 나서자 더해졌다. 창문 밖으로 내다본 것보다 빗줄기가 더 거세었기 때문이었다. 꽉 들어찬 학교 안 주차장에 주차하지 못하고 먼 곳에 차를 던져두다시피 하고 온 날이라 고마운 마음은 곱절이 되었다.

모르는 아이의 남겨진 우산 덕분에 빗줄기를 피하게 될 줄은 미처 몰랐다. 오전에 비가 오지 않았다고 오후에 예보된 비를 그새 잊고 있었다니. 나의 부주의로 잊거나 놓쳐버린 순간, 어느 수호천사 덕분에 위기를 모면했던 일이 비단 오늘뿐이던가.

홀로 살아갈 수도, 살아지지도 않는 삶 어딘가에서 나도 꾀하지 않았고, 다른 누군가도 의도하지 않았지만 우리는 자신도 모르는 순간에 서로에게 '동아줄'이 된다. 과거에 그랬을 수도, 지금 이 순간일 수도, 미래 어느 시기일 수도 있겠다. 모르는 순간에 이루어지는 일을 어찌 다 알 수 있겠는가.

다음날 제자리에 그대로 돌려놓은 그 아이의 노랑 우산처럼, 정작 도움을 준 이는 무슨 일이 일어난지 모를 수도 있다. 도움받은 이만이 위급했던 순간에 던져진 구명 튜브 같은 구원의 손길과 그로 인한 감사한 기억을 간직한다. 그 온기를 잊지 않고 살다 보면 언젠가는 다른 누군가가 도움이 필요할 때, 나도 모르게 동아줄을 드리우기도 하겠지. 그랬는지도 모르긴 하겠지만 말이다.

'부캐(부 캐릭터)'가
필요 없는 사람들

　　TV를 잘 안 본다. 주중엔 아예 안 틀어져 있으니 애들도 슬금슬금 내 눈치를 보다가 이젠 주중엔 아예 TV 볼 생각을 안 한다. TV는 가끔 재택 하는 아빠가 보는 거라 여길지도 모르겠다. 그래서인지 아이들은 주말이면 필사적으로 TV에 달려들곤 했었는데, 그것도 이젠 컴퓨터나 핸드폰, 유튜브에 밀렸다. TV는 이래저래 우리 집에서는 남편의 전유물이 된 지 오래다. 그렇다고 남편이 TV에만 집중하는 것도 아니다. TV를 켜놓고 핸드폰만 보고 있어서 끄려고 하면 놔두라니, 왜 켜놓는 건지 십 수 년을 살아도 모를 일이다.

　　그런데 요즘 남편 외에 눈에 불을 켜고 TV를 보

는 사람이 생겼으니, 바로 나다. 꽂히는 프로그램이 생겨서다. 노래 경연 프로그램이라면 사족을 못 쓰니, 내 안에 꽁꽁 감춰둔 연예인 기질이라도 있는 건지.

어차피 회차 초반부터 후반부까지 살아남게 될 후보 참가자가 빤히 눈에 보이는데도 매회 마다 그들이 그 자리에 오기까지의 스토리를 보다 보면 생면부지였던 그들과 그렇게 끈끈해질 수가 없다. 그렇게 한번 나와 연결되기 시작한 사람들은 놓을 수가 없는 것이다.

나 같은 사람이 많은지 요즘엔 '싱○게인'이라는 노래 경연 프로그램이 한창 인기몰이 중이다. 각종 포털과 유튜브, 블로그뿐 아니라 내가 속해 있는 글쓰기 플랫폼에서도 이 프로그램에 대한 주제를 다룬 글들이 심심찮게 올라온다.

다른 경연 프로그램과는 달리, 기존에 앨범을 발표했던 경력이 있으나 '대중에게 잊힌' 가수를 소개한다는 이 프로그램의 콘셉트는 매우 매력적이다. 귀에 익숙한 노래를 부르는 처음 보는 원곡 가수를 만날 때마다 탄성이 절로 나온다. 물론 앨범을 냈으나 노래도 가수도 알려지지 않았던 참가자들도 있지만, 그들이 쌓아온 내공은 노래 속에 고스란히 녹아서 보는 이로 하여금 감탄을 자아내게 한다.

프로그램의 초중반까지는 음색이 독특하거나 특이한 스타일로 노래를 부르는 참가자들이 눈에 띄었는데, 후반부로 가면서 눈에 들어오는 이가 바뀌었다. 이제 응원하는 가수는 29호 가수로 알려졌던 '정홍일' 가수와 33호 가수로 알려졌던 가수 '유미'이다.

나는 가수 정홍일을, 남편은 유미를 응원하고 있었는데, 공교롭게도 이번 회차에서는 두 가수가 1:1 매칭이 되었다. 두 가수는 완전히 다른 장르를 노래하는 가수였고 이번 무대 또한 서로 완벽히 다른 무대를 보여주었다. 가수 정홍일은 정통 헤비메탈 가수다운 면모를 유감없이 발휘했고, 가수 유미는 프로 가수여도 감히 도전하기 힘들다는, 피아노 반주와 목소리만으로 절절한 무대를 보여주었다.

경연 프로그램 특성상 반드시 다음 라운드로의 진출자와 탈락자가 나오기 마련이다. 하지만 '탑 10'까지 오른 참가자들이라면 이미 검증된 실력일 테니 혼신을 다하는 이들의 무대를 보고 우열을 가린다는 것은 큰 의미가 없어 보였다.

분명히 내가 응원하던 가수가 다음 라운드에 진출했으니 기뻐야 마땅했지만, 이번 대결 결과는 기쁨만 있는 게 아니었다. 같이 보던 남편은 더했나 보다. 가수 유미를 응원하던 사람이었으니 더 그랬을 수밖에 없을 테다. 그러나 우리 두 사람이 바라보는 두 가수에 대한 애정은 그동안 프로그램 안에서 보아온 그들의 스토리 때문만은 아닌 듯했다.

바야흐로 '부캐(부 캐릭터)'의 시대이다.

유명 개그맨이 한 예능 프로그램에서 원래 자신의 캐릭터가 아닌 또 다른 캐릭터 도전을 보여주면서 부캐의 전성시대를 활짝 열어주었다. 이제는 누구나 자신이 해 오던 역할이나 일 외에 또 다른 무엇인가가 되어야 할 것만 같다. 그냥 '해오던 대로의 나'로만 존재한다는 것은 왠지 허접하고 찌질한 느낌마저 준다.

"그래, 너는 알겠어. 그럼 너의 '부캐'는 뭐야?"

라는 질문에 당장 하나 이상은 답할 준비를 해야 할 것만 같다. 그런데 이게 누구에게나 쉬운 일은 아니다. 특히, 1만, 더 나아가 2만 시간의 법칙을 강조하며 한 우물을 파야 성공(?) 한다고 배워온 내 세대에게 지금 나오는 다른 '부캐'라는 것 자체가 가당키나 한 것인지 혼란스럽다.

그래서인가 보다. 남편과 나에게 가수 정홍일과 유미가 특별했던 것은. 그들은 오랜 시간 동안 대중들이 크게 알아주지 않았어도 자신의 영역을 지키며 더러는 외로웠을 길을 묵묵히 걸어온 사람들이다.

"이 무대만큼은 제가 주인공이 되겠습니다!"

가수 정홍일이 노래하기 전에 언급한 이 말은, 20여 년간 지켜온 자신의 영역에 대한 자신감이자, 무한한 애정의 표현이었다. 경연의 무대임에도 화려한 조명이나 반주의 유혹을 내려놓고 피아노 반주에만 자신의 목소리를 담담히 얹어 노래했던 가수 유미도 그렇다. 오랜 시간 자신이 지켜온 '자신만의 노래'에 대한 믿음이 없었다면 도전하기 어려웠을 것이다.

1살 터울의 이 40대 가수들이 경연을 떠나 자신들이 오랜 시간 동안 사랑하고 지켜온 것을 보여주는 무대. 그곳에는 그들의 '진정성'이 담길 수밖에 없었다. 그들의 무대를 숨죽여 지켜보던 사람들의 심장이 터질 듯한 감동은 당연한 결과였다.

이들에게 다른 부캐가 필요한가?
자신의 영역에 혼신을 다하는 사람 앞에서 얕은 잔재주 가득한 부캐는 오히려 허접하고 찌질하다. 나와 남편과 같은 시대를 살아온 그들이 지켜온 '그들의 세상'에 무한 응원을 보내며 동시에 위로를 받는 이유이다.

잔망스러운 부캐를 가지지 못한 것을 걱정할 일이 아니라, 지금 '나의 세상'에서 내가 얼마나 깊이 있는 사람인지 먼저 들여다볼 일이다. 그러고 나서 부캐는, 말 그대로 '부 캐릭터' 자리를 차지하도록 하면 될 터다.

나이아가라 폭포에 두고 온
귀고리 한 짝

―휘둘러도 좋은 것, 휘둘렸는지도 모르는 것

출근 준비로 바쁜 아침. 5분만 빨리 시작하면 10분이 여유로울 텐데. 이런 생각을 매일 하면서도 일어나자마자 딴 짓에 먼저 손을 대다 또 허둥지둥 출근길에 오르기를 반복한다.

아무리 그래도 출근 준비의 마지막을 장식하는 '의식'을 지나칠 수 없다. 그것은 아침 출근 복장과 혹은 그날 아침 나의 기분과 어울리는 모양과 색깔로 정성 들여 고르는, '귀고리 장착식'이다.

오늘도 이미 5분이나 늦었는데 귀고리를 고르고 있다. 크림색 따뜻한 앙고라 소재의 상의를 입었으니, 색깔은 같은 계열로 맞추면 좋겠다. 크리스털 소재는 자칫 너무 추워 보일 수 있으니 그 아이들은 제외하고.

그러다 보니 결국 내 귀에 꽂힌 것은 하얀 진주 귀고리 한 쌍이었다. 모난 데 없이 둥근 모양에 상앗빛 흰색은 겨울철에 입는 도톰한 소재의 옷들과 잘 어울린다. 게다가 연령의 구분 없이 출근 복장을 단아함으로 마무리해 주어 자주 이용하는 겨울철 아이템이다.

일 분, 일 초가 아쉬운 아침 출근 시간에 무슨 소가 풀 뜯어 먹는 한가한 소리인가 싶지만, 귀고리를 착용한다는 것은 내게 출근 복장 이상의 의미가 있는 행위이다.

뭐랄까. 이제 아무도 거들떠보지 않는 시든 꽃이지만 꽃이었던 정체성을 잃고 싶지 않은 자긍심이랄까. 한때는 화사하게 피어났던 만개(滿開)의 기억을 놓고 싶지 않은 자존감이랄까. 아무튼 귀고리는 내게 있어 만추(晩秋)의 여성으로서 가지는 '마지막 자존심' 같은 존재인 거다.

그래서 매일 아침, 이미 늦어버린 출근 시간에

도 정성 들여 골라 귀고리를 장착하면, 빨간 슈트를 입고 슈퍼 파워를 갖는 아이언맨처럼 당당히 현관 문을 박차고 출근길에 오르게 되는 것이다.

지금으로부터 13년 전인 2008년.

초등교사를 대상으로 한 6개월간의 영어 심화 연수 과정에 참여했었다. 5개월간의 국내 연수와 1개월 간의 국외 현지 연수 과정으로, 이전부터 얼마나 소 원했는지 모를 연수였다. 나보다 경력과 실력이 우수한 사람들에게 번번이 밀려 고배를 마셨던 프로그램이었다. 그런데 그해에는 '특별 연수'라는 이름으로 많은 인원을 선발해서 참여하는 행운을 얻었다. 계속 두드리는 자에게 마침내 문은 열리니.

어찌나 참여하고 싶었던 프로그램이었던지 둘째가 배 속에서 8개월째인 만삭의 몸으로 신청서를 제출하자, 교감선생님께서 가능하겠냐며 만류하셨다. 그래도 끝까지 신청을 고집했던 연수였다. 그때는 그게 내가 가질 수 있는 '마지막' 기회인 것만 같았다. 그때 꼭 하지 않으면 안 될 것 같은 그런 일이 있지 않은가. 그 연수가 내게는 '그런' 일이었다.

연수를 신청하고 출산 후 조리원에 들어간 얼마 뒤부터 원격 연수가 시작되었다.

조리원 휴게실에 놓여 있었으나 아무도 거들떠 보지 않았던 공동 컴퓨터 앞에서 아이 모유 수유를 하며 원격 연수를 듣기 시작했다. 조리원에서 나와 집에서 몸조리하면서도 출산 휴가 기간 동안 연수를 받을 수 있는 시간이 있다는 데에 얼마나 행복해 했었던가.

그렇게 5개월간의 국내 연수를 마친 후, 태어난 지 갓 4개월이 지난 둘째를 시형님께 맡기고는 출산 후 부기가 채 빠지지 않은 몸으로 캐나다행 비행기에 올랐다. 한창 추웠던 1월 말, 2009년 새해에 떠난 1개월의 연수는 내 생애 주어진 최초의 '자유'였다(둘째가 나쁜 엄마라 욕해도 어쩔 수 없다). 그렇기에 캐나다에서 보낸 하루하루가 너무나 소중했고, 더 열심히 임할 수 있었던 것이었으리라. 별다른 사건이 생기지 않는 한, 정년까지 교실을 지키게 될 선생에게, 한 가정의 아내이자, 두 아이의 엄마에게, 다시는 오지 않을지도 모르는 시간이었으니까.

그렇게 한 달간의 국외 연수를 마치고 맞이한 마지막 주. 다른 연수생들과 함께 떠난 여행길 끝자락에 닿은 곳이 나이아가라 폭포였다.

때로는 영하 30도까지도 기온이 떨어진다는 캐나다. 그 나라의 한겨울에, 무릎까지 오는 새하얀 눈의 세상 속에 피어나던 장엄한 광경과 천지를 뒤흔들던 폭포 소리. 심장이 펄떡이던 꿈결 같은 기억. 나이아가라의 그 웅장함에 혼이 나가 소리를 질러대도 거대한 폭포는 모든 달뜸을 품고 끊임없이 흘러내렸다.

거기였다. 내가 소중히 여겼던 귀고리 한 짝을 잃어버린 곳은.

고대했던 프로그램에 참여하면서 챙겨간 소품들 중 가장 애장품이었으리라는 점은 분명했다. 내 '자유'의 대미를 장식해 줄 마지막 여행길에 아끼던 소품을 착용했으리라는 것은 충분히 예상 가능한 일이다. 그런데 나이아가라 폭포에 정신이 팔려 뛰어다니며 이 사람, 저 사람과 사진을 찍어대느라 귀고리 한 짝이 빠진 줄 몰랐다. 돌아오는 버스 안에서 알아차렸을 때는 이미 늦은 뒤였다. 그렇게 아끼던 귀고리 한 짝을 나이아가라 폭포 주변, 눈 속 어딘가에 떨어뜨리고는 한참을 아쉬워했더랬다.

지금은 그 귀고리가 어떤 모양이었는지, 어떤 색깔이었는지 잘 기억나지 않는다. 그때는 잃어버리고 그렇게 한참 동안 마음에 남았었는데.

가끔 그럴 때가 있지 않나. 그때 그것이(혹은 그 사람이) 아니면 안 될 것만 같아서 나를 휘둘리고 사는 때. 그 휘둘림이 옳았던 것인지, 무모했던 것이었는지는 시간이 지나 봐야 명확해진다. 그때 용기 내어 젖먹이 아이를 맡기고 떠난 1개월간의 캐나다 연수는 미뤘으면 다시 못 올 '기회'였다. 잃어버리고 내내 마음 상했던 귀고리 한 짝은 지금은 미련도 없다.

오늘도 난 이 아침에 고른 만 원짜리 진주 귀고

리 하나로 세상 흡족한 하루를 보내게 될 것이다.
그게 감사하다.

　　p.s. 한 달 동안 마음 놓고 연수받을 수 있도록
조력해 주신 셋째 형님께 이 글을 빌어 다시 한번
감사드린다. 지금도 나를 돕는 우주의 기운 가운데
한 분이 셋째 형님이시다.

영화 〈미나리〉의 대배우,
윤여정에게 배운 것

−70대 여배우의 혼신을 다하는 연기는
삶의 자세다

　연일 영화 〈미나리〉의 해외 영화제 시상 소식에
각종 매체가 뜨겁다.

　작년 제36회 선댄스 영화제 심사위원상과 관객
상을 동시 수상하고도 70개가 넘는 각종 해외 영화
상을 수상했으며 이는 현재 진행형이라는데 놀라
움을 더한다.

　영화 〈미나리〉는 아메리칸 드림을 꿈꾸던 우리
나라 이민자 1세대의 고난했던 삶 속에서 '가족'의
의미를 되돌아보게 하는 영화다. 태생적으로 이민
자들의 나라인 미국에서 살아가는 많은 이들에게
큰 공감을 얻는 이유일 것이다. 이미 유수의 전문
해외 영화 비평가들과 영화제에서 호평을 받았으

며 골든글로브 외국어영화상까지 수상했으니, 작품의 진정성에 대해서는 의심의 여지가 없겠다.

내가 주목하는 것은 영화를 끌어가는 주연 배우들이 아닌, 조연 배우, '윤여정'이다. 영화 〈미나리〉의 수상 실적 중 그녀는 이미 '여우조연상'으로 26관왕을 차지했다. 93회 아카데미 여우조연 후보로까지 거론되는 그녀에게 거는 기대가 커지는 이유다(윤여정은 이후 아시아 여성 두 번째로 아카데미 여우조연상을 수상했다).

2020년 73세의 생일을 맞고도 배우로서뿐 아니라, TV 예능 프로그램(윤스테이)으로도 제2의 전성기를 누리고 있는 데뷔 55년 차, 이 대배우의 힘은 어디서 오는 것일까.

그녀가 배우로 데뷔했던 1960년대는 아직은 여성에게 사회적인 편견과 제약이 많았을 때였다. 그런 시대에 그 세대에 흔치 않았던 대학 교육까지 받은 그녀가 배우의 길을 걷기로 작정했을 때, 그녀는 이미 당시까지의 보통 한국 여성들의 삶과는 다른 길을 '선택'한 것이었다.

떠밀려 사는 삶이 아닌, 스스로가 선택한 삶에서는 부딪히는 모든 힘겨운 삶의 장애물에 남 탓을 할 수가 없다. 내가 택한 삶의 결과는 오롯이 자신의 책임일 수밖에 없는 것이다. 그렇기에 그녀의 한 인터뷰는 더 마음에 와 닿는다.

"나는 살기 위해서, 살아가기 위해서 목숨 걸고 한 거였어요. 요즘도 그런 생각엔 변함이 없어. 배우는 목숨 걸고 안 하면 안 돼. 훌륭한 남편 두고 천천히 놀면서, 그래 이 역할은 내가 해 주지. 그러면 안 된다고. 배우가 편하면 보는 사람은 기분 나쁜 연기가 된다고. 한 신, 한 신, 떨림이 없는 연기는 죽어 있는 거라고."

—2005년 〈바람난 가족〉 개봉 후
〈씨네21〉과의 인터뷰 중

윤여정이 이혼 후 두 아들을 홀로 키우면서 "쌀독에 쌀이 있던 때보다 떨어졌던 때가 더 많았다"던 시절이 없었대도, 그녀에게 '연기'가 이토록 절박한 것이었을까. 실제로 그녀는 결혼 전까지 주, 조연급 연기 생활을 중단 없이 해 왔기 때문에 20대 때는 연기 생활에 큰 애착이 없었다고 한다. 그녀를 보면 '위기는 기회'인 것이 분명해 보인다.

형편이 어렵던 시절에 일을 가리지 않았다는 그녀의 인터뷰에 나의 20대 때의 기억도 소환된다.

20대 시절, 교사가 되고 싶었으나 노력의 결과물이 지지부진하자, 사립학교로의 채용 기회도 기웃거렸었다. 내가 교사가 되고자 한다는 말을 어디서 전해 들었던지, 학교 선배가 모 사립고등학교의 채용 공고를 알려주었다. 감사히 여기며 서류 제출 날짜를 기다리던 중, 선배를 아는 사람이라며 학교 측 관계자의 연락이 왔다. 그가 제안한 내용은, 학교 측에 제출할 수 있는 '비용'에 대한 것이었다.

그때까지 교사 임용의 배후에 '돈' 문제가 개입될 수 있다는 사실에 대해 무지했던 나는 속으로 깜짝 놀랐다. 초면인 그분께는 짐짓 아무렇지 않은 척 생각해 보고 연락드리겠다고 전화를 끊었지만, 그 일은 교직을 바라보던 순수한 내 마음에 찬물을 끼

없는 일이었다.

소개해 주었던 선배에게 이 내용을 전하니 자신은 전혀 모르는 내용이었다고, 몇 번을 미안하다고 하여 마음의 부담을 덜었다. 그러나 이 내용을 아시게 된 친정엄마께서는 어떻게든 비용을 마련해 보시겠다며 다시 연락해 보라고 하셨다. 없는 형편에 낮에는 일하고 저녁에는 임용시험을 준비하던 딸이 좋은 결과를 못 내는 것이 못내 안타까우셨던 모양이었다.

"엄마, 세상에 공짜가 어딨어. 돈 내고 선생 되면 학생 하나, 하나가 돈으로 보일 텐데. 생각도 하지 마."

엄마의 걱정을 물리치게 하려는 마음에서 한 말이었지만, 그때 나의 소신은 뚜렷했다. 그렇지만 이 나이가 되어 되돌아보면 다른 생각도 든다. 과연 집안 형편이 넉넉하여 쉽게 수락할 수 있는 조건이었다고 해도 나는 소신을 지킬 수 있었을까. 소신을 지킬 수 있도록 나를 지켜 준 나의 '가난'에 감사해야 하는 것은 아닐까, 하고.

가난은 혼신을 다하게도, 어부지리로 소신을 지키게도 해 주는 것인가.

대배우 윤여정에게 삶의 자세를 배운다.

목숨까지는 아니더라도 자신을 걸고 최선을 다하지 않으면 보는 이가 기분 나빠지는 것은 꼭 연기만의 이야기는 아닐 것이다. 누군가가 편하려고 작정하면 다른 누군가는 불편해지는 시소 같은 삶의 무게추. 이 추의 균형을 잘 맞추기 위해서는 내가 맡고 있는 나의 역할의 한 신(scene), 한 신에 마음을 다해야 한다는 것을. 그래야 비로소 떨림이 있는 삶을 이어갈 수 있다는 것을.

여자 40 이후 얼굴은
남편이 만들어 주는 거라고요?
−내 얼굴은 내가 책임지겠습니다

"언니, 고개 숙이고 있는데 언뜻 엄마인 줄 알 았어."

가족 일로 동생과 줌 화상 통화를 했을 때 동생이 말했다. 5분 전에 미리 오픈하고 오디오를 끈 채뭔가를 하느라 고개를 숙이고 있는 내 모습을 보고한 말이었다.

동생이 하는 말에 사람 좋은 웃음을 날렸지만, 어느새 내가 그럴 나이가 되었구나. 50이 멀지 않았으니 그런 말이 그렇게 억울할 일만도 아니었지만, 그렇다고 썩 유쾌한 말도 아니었다.

"언니, 여자 마흔 이후 얼굴은 남편이 만들어 주

2장. 20년 차 교사는 오늘도 배웁니다

는 거래. 형부한테 좀 잘하라고 해!"

동생은 당연히 나를 생각한다고 한 말이었을 거다. 그래도 가끔은 상대방이 나를 생각해 한 말임이 분명한데도 썩 고맙지 않을 때가 있다.

나는 거울 속의 나를 유심히 들여다보았다.

과연 눈꼬리에 가늘게 늘어선 잔주름을 걱정하던 때는 봄바람 불 때였나 보다. 웃을 때 생기는 눈 밑 애교살 덕분에 그나마 웃는 얼굴이 '호감형'일지도 모른다, 고 여겼던 것도 이제 과거의 일이다. 눈 밑엔 애교살보다 더 깊은 주름이 자리하고 앉아 주인 행세를 한 지 오래다.

예전에는 얼굴 살은 온몸의 살이 다 빠지고 나서야 빠지는 것인 줄 알았다. 적당히 빠질 때 좋아했더니 '적당히'는 정말 종잡기 어려운 말이었다. 적당히 보기 좋게 빠진 시기는 정말 '순간'이었다. 이제 얼굴에서 살이 빠지면 살이 있던 자리는 주름으로 채워진다. 아쉬운 대로 지금 이 상태만이라도 보존하고 싶다.

그나마 얼굴 부위 중 가장 노화가 더딘 곳을 하나 꼽으라면 코인 것 같다. 코엔 본래 근육과 살이 별로 붙어있지 않던 곳이라 세월의 흐름이 잘 드러나지 않아 마음에 든다.

그런데 코 양쪽에서 입 가장자리로 죽— 내려오는 팔자 주름의 깊이는 날로 기세를 더해가는 것 같다. 코는 자신의 노화를 팔자 주름에 내어 주고 강 건너 불구경하는 꼴이다. 코가 중심을 제대로 잡아 주었더라면 팔자 주름이 기세를 좀 덜 폈으려나.

거울 속 내 얼굴을 찬찬히 들여다보고 있노라니 내 청춘 돌려달라고 남편의 멱살이라도 잡아야 하나, 마음속에 거친 회오리가 움튼다.

그러다 퇴근하여 들어오는 남편의 얼굴을 보았다. 마스크로 얼굴 절반이 가려진 채 들어왔지만, 마스크가 귀밑, 하얗게 내려앉은 새치까지 가려주지는 못했다.

마스크를 벗으니 온전히 드러나는 남편의 얼굴. 먹는 음식이 몸을 만든다더니, 기름기 있는 음식을 좋아하는 남편은 몸이 참 기름지다(살쪘다는 얘기다). 몸 관리를 자가격리 시킨 지 오래인 남편의 몸을 얘기하자면 오늘 품은 생각이 산으로 갈 수 있으니 정신을 붙들어 맨다. 오늘은 오로지 얼굴에 집중하기로 한다.

몸이 기름진데 얼굴이라고 삐쩍 곯았을까. 상대적으로 지방이 적은 내가 외형적인 노화가 먼저 시작되면서 남편에게 가장 부러웠던 것이 '얼굴'이었다. 원래 살집이 많은 데다 지성 피부인 남편의 얼굴에는 도통 잔주름조차 생기지 않았다. 사람이 뻔뻔하니 얼굴에 주름 하나 안 생기는 거라고 놀림을 가장한 시기심을 여러 번 날렸었다.

그런데 어느샌가 남편의 얼굴에도 그 많던 살 대신 주름이 내려앉아 있었다. 속 썩일 때야 주름 하나 없이 반들반들한 얼굴이 그렇게 얄밉더니만, 팽팽했던 양 볼이 바람 빠진 풍선처럼 쪼그라드는 모습도 썩 보기 좋진 않았다.

대만의 미학자 장쉰의 '자화상 수업'이 생각난

다. 『기분이 태도가 되지 않게』라는 책에 소개된 내용이다.

　장쉰은 동료 대신 들어간 대학 강의에서 학생들에게 거울을 들여다보며 스스로의 모습을 그리게 하고 자신을 소개하는 수업을 했다. 소개가 다 끝나고 강의실에 있던 학생들은 소리 없는 눈물을 흘렸다고 한다. 거울을 보고 자신을 알아가는 경험을 처음으로 한 학생들은 거울에 비친 자신의 진짜 모습을 마주한 것이었다. 보정도 필터도 거치지 않은 '날것의 자신의 모습'을 들여다보는 것만으로 학생들의 마음에는 여러 가지 감정이 생겨난 것이었다. '상유심생(相由心生: 외모는 마음에서 생겨난다는 뜻)'이었던 것이다.

　여자 마흔 이후의 얼굴은 남편이 만들어 주는 거라는 말, 별로다.

　결혼 후 일과 육아, 가사를 병행하는 과정에서 남편의 조력이 훌륭했더라면 40대 초반엔 조금 덕을 봤을지도 모를 일이다. 하지만 내가 중년이 되었는데 남편이라고 마냥 청춘일까. 그 역시 만성 대사 증후군에 건강 걱정이 앞서는, 중년인지 오래다. 자기 몸 하나 관리도 힘든 사람에게 내 얼굴까지 책임지라고 해 봤자 주름 하나 더 늘어날 일이다.

40대 이후의 내 얼굴은 내가 책임지겠다.

우린 대한민국 여성사에서 할머니 세대는 못 받고, 어머니 세대는 소수만 받은 고등 교육을 '대거' 받은 최초의 여성 세대가 아닌가. 우리 세대에겐 그 정도는 스스로 책임질 정도의 '배움'이 있다.

중년 이후의 얼굴은 생기고 안 생기고는 문제가 안 된다. 표정 관리를 잘하여 곱게 얻은 주름과 잘 정돈된 피부를 가졌다면 좀 더 멋져 보일 수는 있겠다. 하지만 삶에서 얻은 지혜와 넉넉히 품을 줄 아는 여유로운 마음, 성숙한 태도. 이런 자질들은 사람을 더 은은하게, 더 오래도록 빛나게 하는 법이다.

우아하게 나이 들기.

오늘 거울 속의 나와 약속한다.

망설이지 말고,
후회하지 말지어다

–망설이며 산 인생의 전반부,
선택에 후회하지 않는 인생의 후반부

『심리학을 만나 행복해졌다』(장원청 저)에 소개된, 고대 인도에 전해지는 한 철학가의 이야기를 인용한다.

한 철학가가 뛰어난 지혜로 많은 여성들의 환심을 샀다. 어느 날, 아름다운 여성 한 명이 철학가를 찾아와 집 문을 두드리며 호소했다.

"저를 당신의 아내로 받아주세요! 나를 놓치면 나보다 사랑할 수 있는 여자는 찾을 수 없을 겁니다!"

철학가는 당황스러웠지만 침착하게 고려해 보겠다는 대답을 했다. 그 후 철학가는 결혼과 비혼의 장점과 단점을 따로 나열해 살펴보고 두 가지 선택의 장단점이 모두 균등하다는 결론에 도달했다. 그래서 더 고민에 빠진 철학가는 숙고하다 선택의 딜레마에 빠졌을 땐, 경험해 보지 못한 쪽으로 택하는 게 현명할 거라는 판단을 내렸다.

마침내 여인과 결혼하기로 마음을 먹고는 여인의 집을 찾아가 여인의 아버지에게 당당히 딸과 결혼하겠다는 의사를 밝혔다. 그랬더니, 여인의 아버지는 냉담한 표정으로,

"자네, 10년이나 늦게 왔네. 내 딸은 이미 세 아이의 엄마가 되었어."

라고 했다는 웃지 못 할 이야기.

이 철학가 이야기가 우리에게 시사하는 점은 무엇인가.

철학가는 절대적인 이성의 힘으로 문제를 고민하고 합리적인 결론을 도출해 내기 위해 고심했다. 그러나, 실제로는 선택에 대한 두려움 때문에 '이성주의'라는 수단을 이용해 자신의 불안한 감정과 맞서도록 했던 것이다.

'뷔리당의 당나귀 법칙'*과도 연결해 생각해 볼 이야기이다. 질과 양이 똑같아 보이는 두 개의 건초 더미 사이에서 어느 쪽을 먹어야 할지 선택의 늪에 빠지면 당나귀는 이도 저도 택하지 못한 채 죽음을 맞이한다는 법칙이다.

　　이 철학가는 죽음에 직면하여 쌓아 온 평생의 업적을 모두 태워버리고는, 다음 단 한 단락의 비고만을 남겼다고 한다.

　　"만약 인생을 둘로 나눌 수 있다면, 전반부 인생은 '망설이지 말고' 후반부 인생은 '후회하지 말아라'."

　　'선택 전에는 망설이지 말고, 선택 후에는 후회하지 마라'는 당부였다.

* 뷔리당의 당나귀 법칙: 동질 동량의 먹이에 둘러싸인 당나귀는 자유 의지가 없기 때문에 양측으로부터의 동일한 힘에 이끌려 움직이지도 못하고 결국 굶어 죽는다는 설. 14세기 프랑스의 철학자 '장 뷔리당'의 이름을 딴 것.[출처: 위키백과]

20대까지 내 삶의 모토는 '후회하지 말자'였다. 시도한 결과가 마음에 들건, 들지 않건, 과정에 집중하자는 의미에서였다. 그런데 이 철학가의 이야기를 접하고 보니, 그때는 후회하지 않는 게 먼저가 아니라 망설이지 않는 게 먼저였다.

어려서, 큰딸이어서, 여자여서, 엄마여서… 망설이고 주저할 이유는 오만가지였다. 100세 시대 중 절반 가까이 살다 보니, 그때 하고 싶었던 일들을 그렇게 고민하지 말고, 미루지 않고 했었어도 그렇게 큰일 날 일은 없었다. 극도의 이성주의자도 아니었으면서 왜 그렇게 망설이고 주저했던 것일까.

나에게는 '47'이 행운의 숫자이다. 중학교 때부터 고등학교 때까지 3번에 걸쳐 연이어 같은 학급 번호를 가졌던 게 그 이유다. 실제로 고2 때였던가. 수학 주관식 시험 문제를 아무리 풀어도 모르겠길래(그 당시 이런 문제가 한, 두 문제는 아니었지만), 에라 모르겠다 하고 답에 내 번호였던 47을 썼었다. 그런데 정답이 46이어서 깜짝 놀랐던 적이 있었다.

그래서 왠지 이 숫자 언저리는 내게 좋은 기운을 줄 것만 같은 미신적인 믿음을 지금도 가지고 있다.

그래서인지, 경황없이 40세를 맞으며 찾아왔던, 설명하기 어려운 이상한 감정들을 추스르고 본격적인 40대를 거쳐오면서 47세에 가까워질 때는 오히려 마음이 평온했다. 마침내 47세가 되고, 또 한 살이 추가될 때까지도 그 언저리 숫자에 머무르며 격동의 20~30대를 도리질하기도 했었다. 왠지 45세가 넘는 시기부터는 항상 47세인 것만 같은, 우습지도 않은 망상에 젖어 산 듯하다.

구정이 얼마 안 남았다. 나는 생일도, 설도 구정을 쇠는 세대라 구정 설이 되어야 본격적으로 해가 바뀌는 것 같다. 나이 '50'을 1년 앞둔 새해를 본격적으로 맞이하는 셈이다. 100세 시대에 나머지 절반의 인생을 1년 남긴 시점. 아직은 '망설이지 말아야 할' 시간이 1년 더 남아 있다는 것. 이것이 나이를 한 살 더 먹고 47이라는 숫자에서 본격적으로 멀어지는 이 시점에 그나마 내게 주는 위안이자 축복일 것이다.

일하면서 아이들 키우느라 정신없이 맞았던 40세의 첫해, 경황없던 때가 떠오른다. 50세는 그렇게 맞고 싶지 않다. 1년이라는 시간을 담보 삼아 그때보다는 좀 더 여유롭고 우아한 '백조'의 모습으로 맞이하고 싶다.

그러려면 물밑에서 허우적대는 발차기는 필수일터. 어느 지점에서 역동적인 발차기를 해야 할지, 그러면서도 우아함을 유지하는 내공을 쌓아갈지, 50세 맞이 1년 프로젝트를 차곡차곡 준비해 가야겠다.

할까, 말까, 머릿속으로만 재어보다 흘려보내기엔 이제부터 나의 시간은 엄청나게 빠른 속도로 지나갈 것이니. 인생의 전반전을 충분히 망설이며 살아왔으니, 남은 절반의 생은 '후회하지 않을 선택과 정진'으로 살아가려다.

오소희 작가는 책 『엄마의 20년』에서 엄마들에게 아침에 일어나면 눈썹을 그리는 것부터 시작하라고 강하게 권했다. 눈썹을 그린다는 행위는 '어느 때든 세상을 만날 준비'를 한다는 의미에서다. 남에 게 보이기 위한 화장이 아니라 세상을 만나기 위해 스스로 마음가짐을 다지는 의식으로써의 화장.

이제 보니, 오늘 아침에 난 세수도 하지 않고 이렇게 감상에 젖어 글을 쓰고 있구나. 빨리 끝내고 눈썹부터 그리리라. 그렇게 세상을 맞이하고, 뚜벅뚜벅 나아가 1년 후에는 기쁘고 우아하게 50세를 맞으리라.

주말 하루를 온통 행복하게 해 준 메일 한 통

―언택트 시대에도 사람 간의 마음은
연결될 수 있다

누구나 메일 주소 두어 개쯤 갖고 있을 거다. 내 게도 몇 개 있으나 그중 2가지를 가장 많이 사용하고 있다. 주로 사용하는 것이 다음과 네이버 메일인데, 초창기에 만든 다음 메일은 스팸 메일도 많아서 잘 들여다보지 않는다. 그런데 오늘 왜 그 메일에 들어 갔는지 모르겠다. 이것이 사람 대 사람 간의 '텔레파 시'인 것인지…….

모르는 발신자 이름으로 "안녕하세요. ○○님." 이라는 제목의 메일이 한 통 와 있었다. 보통 알지 못하는 발신자일 경우 체크하고 삭제하기 마련인 데, '○○님'이라는 호칭이 내가 공개하는 글에 붙이 는 호칭이라 열어보게 되었다.

"안녕하세요. ○○님. 저는 ○○에서 ○○님의 글을 읽은 25살 학생입니다. 갑자기 놀라고 당황스러우실 텐데 ○○님께서 쓰신 '망설이지 말고 후회하지 말지어다'라는 글을 읽고 위로와 용기를 얻어 메일을 보내게 됐어요."

라는 첫머리로 시작하는 비교적 장문의 메일이었다. 대략적인 내용은,

'25살이 되도록 남들과 다른 길을 걸어 본 적이 없었다. 대학 4학년이 되어 막상 취업을 생각하니 진짜 좋아하는 일이 무엇인지 본격적으로 고민하게 되었다. 그러다 보니 평생 해온 일과는 전혀 다른 직업에 흥미가 생겼다. 그 일을 하려면 다시 다른 전공을 공부해야 할 것 같은데, 그렇게 하다 보면 일반적인 다른 사람들보다 늦어지게 될 거라 이것저것 끝없는 고민을 하고 있다……'

그러던 중, 우연히 내 글을 읽게 되었는데, 글에

나온, '후회하지 않는 게 먼저가 아니라 망설이지 않는 게 먼저다. 그때 하고 싶었던 일들을 그렇게 고민하지 않고 했었어도 큰일 날 일은 없었다'라는 문장이 자신에게 새로운 일을 시작해도 된다고 말하는 것 같았다고. 좋지 않은 결과로 선택을 후회하는 것보다 지금 망설이는 걸 멈추는 게 먼저라는 걸 알았으니 그냥 해 보겠다는 내용이었다.

앞으로 모든 선택과 결정을 할 때마다 나의 글을 떠올릴 것 같다는 말과 함께 계속 좋은 글을 써 달라는 말로 끝을 맺고 있었다.

이 메일을 다 읽고 한동안 말을 잇지 못했다. 벅찬 감동에 온몸의 세포가 반응하는 것만 같았다.

누군가를 위로하려고 쓴 글이 아니었다.

우선 나 스스로도 여전히 흔들리며 사는 삶이라 그럴 깜냥이 되지 않는다. 난 그저 훨씬 총기 있고 주관이 뚜렷한 요즘 젊은 세대를 부러워하는 많은 기성세대 중 하나일 뿐이다.

그저 100세 시대에 절반 가까이 인생의 전반부

를 살아오면서 앞으로 다가올 인생의 후반부를 맞이하는 나 스스로에게 보내는 위로와 다짐의 글이었다. 나를 위한 글이 다른 누군가, 그것도 내 나이의 절반 정도밖에 안 되는 젊은 사람에게 위로와 용기를 주었다니, 이 어찌 벅차지 않겠는가.

미래와 진로에 대한 고민이 깊다는 것 자체가 젊은 시절이라는 증거이겠지만, 해 오던 길과 다른 길을 가게 될 상황에서는 얼마나 두려울 것인가.

젊어서 고생은 사서도 한다지만, 치열했던 나의 20대를 돌아보면 불확실한 미래와 가진 것 없는 젊음은 얼마나 버거운 것이었는지. 그래서 그 시기를 즐기라는 기성세대의 말은 너무 무책임해 보여 하지도 못하겠다.

하지만, 물에 빠진 사람은 지푸라기 하나라도 잡고 싶은 심정일 게다. 살고 싶기 때문이다. 지푸라기 하나가 큰 도움이 될까마는, '고작' 그것 하나에도 살기 위한 버둥거림에 더 힘을 내어 볼 수 있는 것이다. 나를 위로하는 글이 생각지도 못하게 다른 누군가에게 '지푸라기'의 역할을 해 줄지도 모른다.

그래서 글을 쓰시는 모든 분들께 당부드리고 싶다. 스스로를 위로하기 위한 글을 쓴다면 여러 SNS 채널에 연동시켜 두시라고. 블로그든, 페이스북이든, 인스타든…….

마음이 담긴 정선된 언어와 문장으로 다듬어진 여러분들의 글은 방황하고 힘든 누군가에게 따뜻한 위로를 건네고, 누군가에겐 새 희망을 피워 낼 불쏘시개가 될지도 모르니까.

25살 '젊음'에게 온 마음을 다해 응원 드렸다.

대학 졸업을 앞두고 일 년 동안 매진해서 보았던 나의 진로를 향한 첫 시험에서 떨어지던 날, 꿈이 깨어지는 것 같았던 그 막막함이 떠올랐다. 그래서 그 학생의 마음에 고스란히 빙의되는 느낌에 저절로 그렇게 되었다.

당부도 드렸다.

결과의 실패 여부를 떠나 최소한 3년은 온 마음을 다해 매진해 보라고. 원했던 결과가 나오지 않을

지도 모르지만 마음을 다해 걸어본 과정은 또 다른 길을 열 수 있는 '배짱'을 길러줄 거라고. 그리고 열심히 가는 길 위에는 가보지 않았다면 절대 몰랐을 또 다른 길이 보일 거라고.

25살 청춘에게 내가 감사해야겠다.

글을 읽고 그냥 감흥을 얻어만 갈 수도 있었을 텐데, 마음 다해 메일을 써 준 그대의 정성으로 인해 오늘 하루 내내 행복했노라고. 언택트 시대에도 사람 간의 마음이 연결될 수 있음을 알려주어서 정말 감사하다고.

고민하고 방황하던 나의 20대 시절 같은 모든 젊음에게, 다시 한번 온 마음을 다해 응원을 보낸다.

그럼 우린 언제가 되어야 아이들이 하고 싶어
하는 일을 마음껏 하라고 할 수 있는 걸까?
아이가 '좋아서 미치겠는' 일을 미뤄두고 지금은
이차방정식 문제를 먼저 풀 때야, 라는 게 맞는
건지. 대한민국에서 교육계에 몸담은 시간이 꽤
되었어도 모르겠다. 자식 교육은 어렵기만 하다.

아들, 엄마도 잘 모르겠으니, 오늘은 그냥 '네가
좋아 죽겠는' 일을 먼저 하자. 내일 걱정은, 그냥
내일 하기로 하고.

3장

[
20년 차 교사도
자식 교육은 어렵습니다
]

엘리베이터에 붙어있는 우리 집값

―아파트 매매가는 아이도 봅니다

"엄마에게 50억짜리 아파트와 천만 원짜리 에르
○스 가방을 사줄 거에요."

'꿈 프로젝트'라는 교육과정 계획에 따라 미래
의 꿈에 대해 이야기해 보는 시간이었다. 민호(가
명)는 미래의 꿈에 대해 그림을 그리고 글로 써 보
라는 학습지에 그렇게 썼다. 설명 위에는 커다란 집
과 반짝반짝 빛나는 가방을 든 여자의 모습도 그려
져 있었다.

민호는 50억이라는 돈이 얼마나 큰 돈인지 알기
나 할까. 명품 브랜드 이름을 잘 모르는 내가 2학년
아이 입에서 '에르○스'라는 이름을 듣고 검색해 볼
줄은 몰랐다. 요즘 애들은 모르는 게 없다. 아이들

은 어디서 저런 이야기를 듣는 걸까.

학교 바로 옆 아파트에서 사시는 동학년 선생님 중 한 분이 들려주신 이야기다. 아이랑 같이 엘리베이터를 탔는데 엘리베이터 내벽에 '1층 6억, 4층 6억 5천에 매매되었음. 입주민들은 정확한 사실을 인지하시기 바람.'이라는 종이가 떡 하니 붙어있더라는 것이다. 급매로 더 싸게 내놓은 집들이 아파트 단지 가격을 떨어뜨릴까 봐 붙여놓은 문구였다. 아이랑 같이 보게 되어 민망해서 혼났다고 하셨다.

학교 바로 옆이니 우리 학교 학생들이 많이 사는 아파트다. 내가 사는 곳이 아니어서 처음엔 잘 몰랐지만, 아이들이 들려주는 이런저런 이야기를 통해 그 아파트 4층에만 요즘 유행한다는 '테라스'가 있다는 사실을 알고는 있었다. 주말을 보내고 월요일 수업 시작 전에 주말 지낸 이야기를 잠깐 나눌 때, 테라스에서 삼겹살을 구워 먹었네, 테라스에서 아빠가 만들어 준 풀장에서 물놀이를 했네, 하는 말을 몇몇 아이들에게서 들었던 터다. 그땐 별생각 없이, "우와! 좋겠다. 선생님도 집에 테라스가 있었으면 좋겠네." 하고 지나갔는데, 이 말을 듣고 보니 그렇게 반응할 게 아니었나 보다.

엘리베이터에 붙어있었다면 입주자 주민 대표회에서 붙였을 테고, 그 선생님이 탄 엘리베이터 한 곳에만 붙여놓은 건 아닐 텐데. 그것을 보는 우리 아이들은 무슨 생각을 하게 될까? 그 종이를 어른들만 볼 거라고 생각한 것일까? 아파트 놀이터에서 같이 놀고, 같은 학교에 다니는 아이들이 그 종이를 보고 어떤 이야기를 나누게 될지, 상상하기도 싫다.

내가 국민(초등)학생이었을 때, 지방 소도시에 살았다. 당시에는 아파트라는 주택 구조가 흔하지도 않았고, 지금처럼 아파트 대단지가 들어서던 때도 아니어서 '아파트에 살면 부자'라고 생각할 때였다. 다니던 학교 근처에 아파트 단지가 한 동 있었는데, 언덕배기에 위치해 있던 높다란 그 건물은 다른 낮은 집들을 다 내려다보고 있는 형세였다. 학교에서 20분 정도 떨어진 곳에 살던 나는 등굣길에 학교에 가까워질수록 함께 가까워지던 그 아파트가 햇빛을 역광으로 받고 뿜어내는 아우라에 눈이 부시곤 했었다.

국민학교 6학년 막 올라갔을 때였다.

학급 임원 선거를 하는 날이었다. 민주적인 투표로 학급 임원을 뽑는다고는 하나, 임원 후보는 성적순이었던, 참 이상한 민주주의 시대였다. 하고 싶은 학생이 손들거나, 친구의 추천으로 후보가 되는 요즘에는 상상할 수도 없는 일이다.

성적순으로 남자 1, 2, 3등, 여자 1, 2, 3등, 이렇게 6명의 후보들 중 이미 남학생 1명이 반장으로 선출되고, 부반장을 선출할 차례였다. 부반장은 남, 여 각 1명씩 뽑도록 되어 있었기 때문에 여자 셋 중 한 명은 무조건 뽑히게 되어 있었다. 각자가 나와서 간단한 후보 연설을 하고는 투표에 들어가기 직전, 선생님께서 한 말씀만 하신다며 이렇게 말씀하셨다.

"우리 학급을 대표하는 학생을 뽑는 중요한 일이니 신중하게 생각하고 투표를 해야 하는 거야. 대표를 하려면 공부도 잘하고 모든 면에서 모범적이어야 하지만, 대표 엄마께서 학교에 오실 일도 많고 학교 일에 협조할 일도 많아서 엄마가 시간적인 여유가 있어야 해. 그런 것을 생각해서 투표하도록."

기억이란 것이 왜곡되기도 하는 것이라 정확하지는 않겠지만, 대략 이런 내용이었다. 여학생 후보들 중 나를 제외한 나머지 두 명이 그 아파트에 살고 있다는 사실을 내가 몰랐다면 더 나았을까.

학급 임원들 엄마들이 학기 초에 교실 화분이나 청소용품도 들여 놓아주고 소풍 가면 선생님들 점심도 바리바리 싸들고 따라오던 시절이었다. 우리 엄마는 혼자 아이 셋을 키우시느라 저녁 늦게까지 일을 하셔서 학교 일에 신경을 쓰기 어려웠다. 그래도 내가 속이 없었던 것인지, 난 우리 집이 다른 친구들보다 형편이 어렵다고 생각해 본 적이 없었는데, 그날 명확히 알았다. 내가 학급 임원이 되면 선생님이 곤란해질 수 있다는 것을.

차라리 반 친구들이 아파트에 살던 두 여자 아

이들 중 한 명을 뽑았다면 마음이라도 편했을 텐데, 내 표가 더 많이 나와 버렸다. 선생님 얼굴 표정이 어땠는지는 모르겠다. 1학기 내내 선생님 심부름을 더 열심히 하고 공부를 더 열심히 했던 것 같다. 내가 할 수 있는 보답(?)은 그것뿐이었으니까.

중학교에 올라가서는 다행히 성적순으로 후보가 되지 않았고, 선생님께서 가정 형편 얘기를 하시지도 않았다. 하지만 그때 이후로 난 어딘가의 대표가 되는 게 싫다. 내가 대표가 되어 곤란해질 사람이 있을지 모르니까.

요즘은 너나없이 네모난 아파트 단지에 살아서 외형적으로는 그런 구분이 잘 안 되니 오히려 좋겠다, 생각했는데……. 사람들이 서로를 구분 짓는 방법은 참 창의적이다. 아파트 엘리베이터 내벽에 붙은 메모가, '내가 사는 4층은 네가 사는 1층보다 5천만 원 더 비싸다는 것을 명심해'라고 말하는 것 같아 씁쓸하다.

아파트 가격은 아파트 단지 회원들이 운영하는 온라인 커뮤니티에서나 공유하면 좋겠다.

4지망 중학교에 배정된 아들이
깨달은 것

─그래, 세상에는 희망하는 대로
안 되는 일도 있단다

　　오전 10시쯤, 핸드폰이 부르르 떨린다. 핸드폰
창에 6학년 아들의 담임선생님 이름이 뜬다. 웬일
이시지? 중학교 배정은 오후 3시에 받으러 오라고
했었는데? 썩 좋은 예감은 아니다. 조금 있으면 알
게 될 사실을 미리 알려주시려고 오전부터 전화를
하실 리는 없으실 텐데.

　　선생님께서는 중학교 배정 결과가 나왔다며, 반
24명 중 3명이 1지망 학교로 배정이 안 되었다고 하
셨다. 그중 1명이 내 아들이라고. 혹시 오후에 배정
표 받고 실망하실까 봐 먼저 연락을 드리는 거라고.
　　실망을 먼저 하는 것과 나중에 하는 것 중, 어느
쪽이 더 나은 것인지는 모르겠지만, 유독 감수성이

풍부한 아들 녀석이 이 사실을 알면 얼마나 실망할지 먼저 걱정이 앞섰다. 선생님은 오후에 직접 알리겠다며 아이에게 미리 말하지 말아 달라는 숙제를 주시고는 끊으셨다.

이럴 때 항상 고민이 된다. 아이가 맞닥뜨릴 가까운 미래에 아이가 실망할 만한 일을 먼저 알게 되었을 때. 미리 알려주어 충격을 완화해 줄 것인지, 어차피 겪게 될 일, 스스로 맞서게 할 것인지.

아이가 배정받은 학교는 배정원서를 쓸 때 6지망까지 써야 했던 중학교들 중 절대 가기 싫다고 했던 학교였다. 싫어하는 이유가 뭔지 물어보니, 그 학교가 공부를 못하는 학교이기 때문이랬다. 공부를 싫어하는 아이가 공부 못하는 학교에 가기 싫다니, 쿡, 삐져나오는 웃음을 간신히 참았었다.

6개 중학교 중 1지망으로 쓴 학교를 제외하면 아이가 싫다던 학교가 비교적 집 가까이에 위치해서 첫 아이 배정원서 쓸 때는 2지망으로 썼던 학교였다. 그런데 아들은 한사코 싫다고 해서 먼 거리에 있는 학교들에까지 밀리고 밀려 겨우 4지망에 썼던 것인데, 덜컥 배정되었으니 얼마나 실망할 것인가.

결과를 미리 안 나는 뭐 마려운 강아지처럼 좌불안석하며 흘낏흘낏 아들 녀석 눈치를 살폈다. 아무것도 모르는 아들 녀석은 천하태평인데. 짐짓 무심하게 1지망 학교 안 되면 어떨 것 같으냐고 물어보니 슬플 것 같다고 한다. 1지망이 안 될 수도 있다고, 2지망도 안 될 수도 있다고, 원하지 않는 학교로 배정받을 수 있다고까지 말했다. 딸아이였다면 대번에 낌새를 알아차렸을 텐데, 아들 녀석은 순진한 건지, 우둔한 건지, 눈치를 못 챘다. 그게 더 마음에 걸렸다.

중등 임용시험에 두 번 떨어지는 동안, 평소에 예지몽을 꾸시던 친정엄마는 내가 시험을 보러 가기 전날 밤에 이미 결과를 예감하는 꿈을 꾸시곤 하셨다.

첫 번째 임용시험일 전날 밤에는, 내가 어떤 서

류에 도장을 찍기만 하면 성사될 일이었는데, 아무리 도장을 찍어도 도장이 안 찍히더라는 꿈을. 두 번째 시험 전날 밤에는 나와 함께 방앗간에 떡을 받으러 갔는데 방앗간 주인이 시루떡을 내 앞에 턱! 뒤집어엎더니, "이번엔 떡이 잘 안 되었으니 다음엔 제대로 만들어 주겠"노라던 꿈을.

물론 시험 결과가 나오기 전에 내게 이 꿈들에 대해서 말씀하시지는 않으셨다. 이 꿈에 대해 안 것은 항상 불합격 결과를 받아 든 후였다.

불만족스러운 시험 결과에도 혹시나, 하고 노심초사 시험 결과를 기다리는 딸을 보며, 이미 느낌으로 결과를 예감하셨던 엄마의 마음은 얼마나 힘드셨을까. 엄마가 중요한 일이 있을 때 예지몽을 꾸신다는 것을 아는 내가 결과가 나오기도 전에 혹시 무슨 꿈 꾸지 않았느냐고 기대에 찬 눈망울로 물었을 때는 또 얼마나 괴로우셨을까.

그렇게 중등 임용시험에서는 힘들던 합격이 초등 임용시험에는 한 번에 붙었으니, 다음에 제대로 만들어 주겠다던 엄마의 방앗간 시루떡 꿈은 우리 집에서는 전설과 같은 이야기가 되었다.

과연 중학교 배정표를 받으러 간 아들 녀석이 잠시 후 전화를 걸어와 ○○중학교로 배정되었다며, 꺼이꺼이 목놓아 울었다. 결과를 미리 알고 있는 나는 하나도 놀랄 일이 아니었지만, 예상치 못한 결과를 홀로 마주한 아들 녀석의 실망은 내 예상보다도 더 컸나 보다.

감정이 격해질 때는 그것이 어떤 감정인지 분명히 알면 한결 마음을 추스르기가 쉬워진다.

"아들, 원하던 학교 안되어서 많이 속상했구나."

아들 녀석이 이 말을 들으니 어, 하고서는 더 격하게 운다. 딸이었다면 주저리주저리 말로라도 자기감정을 풀어내련만, 부족한 어휘력과 변변치 않은 말주변으로 감정 처리가 더 버거운 녀석. "괜찮아, 어느 중학교에서건 네가 열심히 하면 되는 거야" 하니 또 어, 하고는 조금 잦아들었다.

지금은 중학교 배정이 일생일대의 일인 아이에게 이것은 앞으로의 네 삶에서 먼지 같은 일에 불과하다는 말은 아무짝에도 쓸모없는 말일 것이다. 청천벽력 같은 일들이 하나, 둘, 경험으로 쌓이다 보면 언젠가는 그 또한 지나갈 일이라는 사실도 알게 될 날이 오겠지. 지금은 그저 괜찮다, 는 말이 필요한 때일 뿐이다.

아이가 현관문을 열고 들어왔을 때는 많이 진정된 모습이었다. 그렇게 속상했어도 담임선생님 앞에서는 꾹 참았다니, 감수성 대왕인 아들이 그래도 이젠 많이 컸나 보다.

아이는 체육관 가는 대신 매일 30분 걷기를 하는 엄마를 따라나섰다. 엄마보다 이제 조금 더 크기 시작한 아들 녀석이 엄마와 나란히 보조를 맞추어 걷다가 말했다.

"엄마, 나 오늘 깨달은 게 있어."
"뭔데?"

"어떤 일은 무조건 되지 않을 수도 있다는 걸."

모든 일이 원하는 대로만 되는 건 아니라는 사실을 깨달았다는 말인 모양이었다.

앞으로 그런 일들이 얼마나 많이 생길 텐데, 그래도 중학교 가기 전에 인생의 깨달음을 하나 얻었으니, 녀석, 제법이다. 아들, 넌 중학생이 될 자격을 벌써 갖췄구나!

오늘 아들이 '좋아 죽겠는' 일

"엄마, 너무 기대돼!"

좀처럼 감정을 숨길 줄 모르는 아들 녀석은 뭐가 그리 좋은지 연방 벙싯거렸다.

녀석이 작년까지 참여하던 미술 프로그램이 하반기에 코로나로 취소되었었다. 초등학생까지만 운영하던 프로그램이라 중학생이 되면서 이제 끝, 이라고 아들이 매우 서운해했었다. 그런데 기관에서 작년에 못다 한 프로그램을 올해 연계해 운영하기로 결정을 했나 보다.

그러다 보니 아들 녀석은 이 프로그램에 참여하는 최초이자, 아마도 최후가 될 중학생이 될 예정이었다. 작년에 할 때도 6학년은 자신을 포함하여 2명밖에 없었다고 하니, 이 두 학생이 이 프로그램의 유사 이래 유일한 중학생이 될 터다. 다시 프로그램을 재개한다는 소식을 들은 뒤로 녀석은 그렇게 좋은지 며칠 전부터 기쁨과 설렘 속에 고조되어 구름 위를 걷는 상태였다.

이제 중1이 된 아들 녀석이 가진 유일한 재주가 '그리고 만드는' 거다. 아직 손 소근육 발달이 원활하지 않았던 서너 살 때, 연필이나 색연필을 손에 쥘 수 있던 시기부터 아들 녀석은 그렇게 뭔가를 그려대기 시작했다.

아이들은 모두 예술가로 타고나는 것이니, 그쯤이려니 생각했다. 일과 육아, 가사를 병행하던 시절에 매일 수십 권의 책을 가져와 읽어달라던 첫 아이에게 그만 질렸던지, 방구석에 굴러다니는 먼지를 골똘히 들여다보고 만져보다가 결국 입으로 가져가며 혼자 놀던 둘째가 마냥 고마웠다.

'네가 벌써 효도를 하는구나!'

나에게 숨 쉴 틈을 주는 아들 녀석의 혼자 놀기를 내 좋을 대로 그렇게 해석했다. 아이가 혼자 놀면 놀수록 그냥 기특하게만 바라봤다니, 이런 미련한 엄마 같으니라고. 취학 전 유아기 아동에 대해서는 무지하기 짝이 없던 엄마였다. 그러다 아이가 3살이 넘어도 할 줄 아는 말이 "엄마", "아빠" 외에 몇 마디 없다는데 뒤늦게 심각성을 느꼈다.

아이의 말귀를 터주어야겠다는 생각으로 부랴부랴 녀석에게 그림책을 읽어주려고 무던히도 애썼다. 결국 성공하진 못했지만.

아들은 책에 관심이 없었다. 그 대신 다른 데 관심이 있었으니, 그것은 음악이 나오는 'CD플레이어'나 '진공청소기', '선풍기', 그리고 '자동차'류였다. CD플레이어로 시작해서 청소기와 선풍기로, 자동차로 옮겨가는 수순이었다. 매일 이것들을 그리고 또 그리는 것이었다.

처음엔 아이가 가전제품에 관심이 있나 보다, 고 생각했다. 그런데 녀석은 냉장고, TV, 전자레인지 등엔 관심이 없었다. 녀석이 관심 있어 하는 전자 제품은 상대적으로 생김새가 역동적이고 소리를 내는 것들이라는 공통점을 발견했지만, 무슨 이유 때문인지는 정확히 알지 못했다.

다른 아이들은 그림책을 읽고 엄마와 재잘재잘 수다를 떨며 수많은 어휘력을 흡수하던 시기에 녀석은 전자 제품을 관찰하고 제품의 몸체 한 부분, 한 부분을 그리며 많은 시간을 그리고 또 그렸다. 1만 시간까지는 아니더라도 굉장한 시간에 걸쳐 같은 그림을 계속 그려댔으니 당연히 그림은 진화할 수밖에 없었다.

한글 공부를 따로 시킬 생각 없이, 책으로만 자연스럽게 글과 친해지게 하겠다는 것이 나의 계획이었다. 그런데 아들 녀석은 그런 나의 계획 내에 들어오지 않았으니, 녀석에게는 한글을 따로 가르쳐 주어야 하나, 고민이 되었다. 책을 싫어하는 아이가 한글도 못 떼고 초등학교에 입학하면 초등학교 선생인 엄마가 좀 창피하겠다는 걱정이 든 것도 사실이었다.

하지만 그 모든 걱정은 기우에 불과했다. 아들은 책은 싫어해도 사람은 좋아했다. 그런 아들이 유치원 친구들 신발장에 적혀있던 친구 이름 글자와 친구를 연결시켜 몇 날을 반복해 읽더니 알아서 한글을 뗀 것이었다. 아들이 한글을 익힌 과정을 보고 표음문자인 한글의 우수성을 또 한 번 깨달았다. 그렇게 한글을 읽게 되자 글자를 유창하게 읽을 줄은 아는데 뜻은 모르는 녀석은, '책 안 읽는 한글 터득아'가 되었다.

한글을 읽고 소리 나는 대로 쓸 줄 아니, 초등학교 1학년 때 받아쓰기에서 거의 100점을 받아왔다. 받아쓰기 점수만 본다면 이 아이는 굉장히 한글을 '잘' 터득한 아이로 보였을 것이다. 그런데 아들을 아는 나는 아이가 100점 받아 온 그 문장들의 뜻은 정확히 다 알지 못한다는 것을 알고 있었다. 여기서 교사들이 받아쓰기 등으로 놓칠 수 있는 맹점을 발견하게 되었다. 읽고 쓸 수 있어도 문장을 이해하는 것은 다른 차원의 문제라는 것을.

그래서 녀석의 상황을 잘 아는 나는 그렇게 매일 밤 베드타임 스토리(bedtime story: 침대 맡에서 책 읽어주기)를 했던 것이다.

올해 중학생이 된 녀석은 여전히 책을 읽고 이해하는 데 시간이 오래 걸린다. 스스로 읽고 이해하는 것을 늦게 시작했으니 당연한 결과이다. 이로 인해 중등 과정의 학습에 더 어려움을 겪을지도 모르겠다. 그래도 먼저 시작한 다른 것―그리고 만드는 일―으로 인해 많은 시간을 행복해한다. 그거면 된 거 아닌가, 라고 생각하는 나는 여전히 미련한 엄마일까.

아이들은 타고난 대로 배운다. 스스로의 방식대로 배워간다. 때로는 가르치지 않았는데 알아서 배우기도 한다. 그런데 왜, 우리는 이 아이들에게 더 못 가르쳐서 안달하는 것일까. 앞집도 하고 옆집도 하는데 나만 안 하면 내 아이만 뒤쳐질까봐 걱정하는 것은 엄마의 걱정인가, 아이의 걱정인가?

이것은 끊임없이 나를 괴롭히는 질문이었다. 아

들 녀석은 미술로 예술고등학교에 진학가고 싶다고 한다. 그런데 공부를 많이 할 필요가 있냐고 묻는다. 그러게나 말이다. 엄마도 잘 모르겠다. 미술을 하는데 과연 미적분이 필요한 것인지.

그래도 공부가 안되면 예고고 뭐고 없다, 고 하니까 어쩔 수 없이 녀석은 오늘도 엄마가 끊어 준 학원에 간다. 대한민국에서는 미술을 해도 공부를 잘해야 한다니, 가진 것 없는 평범한 부모인 나는 우선은 공부하라고 채근할 수밖에 없다.

그럼 우린 언제가 되어야 아이들이 하고 싶어 하는 일을 마음껏 하라고 할 수 있는 걸까? 아이가 '좋아서 미치겠는' 일을 미뤄두고 지금은 이차방정식 문제를 먼저 풀 때야, 라는 게 맞는 건지. 대한민국에서 교육계에 몸담은 시간이 꽤 되었어도 모르겠다. 자식 교육은 어렵기만 하다.

아들, 엄마도 잘 모르겠으니, 오늘은 그냥 '네가 좋아 죽겠는' 일을 먼저 하자. 내일 걱정은, 그냥 내일 하기로 하고.

아들이 그린 '큰' 그림

– '시도'와 '연습'은
아이에게 자존감을 키울 기회이다

    아들이 예술의 전당에서 미술수업을 받는 날엔 어쩔 수 없이 조퇴를 해야 했다. 집에서 1시간 못 되어 도착할 수 있는 거리지만 금요일 오후는 주말권 시작이어서 가는 길 내내 끊임없는 차량들로 도로에 빈틈이 없었다.

    특히 서초구 내로 가까워질수록 거대한 구렁이의 느릿한 꿈틀거림과도 같은 정체 구간이 끝도 없이 이어져 목표지 전 10km는 '마의 구간'이 된다. 10분이면 갈 거리를 40분이 넘게 걸리며 엿가락처럼 늘어지는 시간을 매번 견뎌내야 했다. 그 틈바구니를 비집고 가다 보면 50분 거리가 2시간 가까이 걸리고 만다. '불금'은 언감생심. 내게 금요일은 자식 일이니 할 수 있는 일이라고, 공짜 부모 노릇은 없는 법이라고 스스로를 다독이는 날이었다.

언젠가 서울 사는 동료에게 서초구민들은 도로가 상시 정체되는 곳에 사는 게 불편하지 않을까, 하고 물은 적이 있었다. 정체 중 차량들은 외부 차량들이지 그들 것은 아닐 거라는 동료의 말을 듣고 웃었다. 맞네. 거기 사는 사람들은 동네 마실길을 굳이 복잡한 자차로 이동할 필요는 없을 테니까. 그래서 사람들이 그토록 '강남'에 살고 싶어 하는 것인가.

아이 3학년 때부터 3년여, 주 1회 예술의 전당을 오가면서 의도치는 않았지만 나의 운전 실력은 굉장히 늘었을 것이다. 처음 서울 운전길을 나섰을 때 까마득한 8차선 대로와 어머어마한 차량들로 핸들을 잡은 손이 부들부들 떨리던 때를 떠올리면 장족의 발전이다. 아들이 아니었다면 그 복잡한 서울길 운전을 그렇게 자주 했을 리가 있었겠는가 말이다.

여전히 정체 구간을 뚫고 시간 내에 도착해야

하는 운전이 쉽지만은 않지만 이제는 제법 익숙해졌다. 그런데 코로나로 미뤄졌던 작년 수업이 올해로 연기되어 재개되자, 아들 녀석은 대중교통을 타고 다녀 보겠다고 했다. 대중 교통로를 알아보니 아이 혼자 다녀오기에 좀 무리다, 싶을 만큼 지하철과 버스를 갈아타야 하는 복잡한 노선이었다. 그래도 시도해 보겠다는 아들에게 선뜻 그리하라 못했던 것은, 아이를 미덥게 여기지 못하는 엄마의 걱정이 첫 번째 요인이었다. 두 번째 요인은 그러려면 일단 첫 대중교통행을 함께하며 가르쳐 주어야 할 텐데, 새로운 것을 가르치는 일은 언제나 피곤함을 감수해야 하는 일이다. 이래저래 내키지 않아 보류하고 있던 일이었다.

아들이 다시 '대중교통 이용'을 언급한 것은, 토요일에도 미술수업이 진행되면서부터였다. 뭔가 혼자 해 보고 싶었던 것인지, 함께 미술수업을 듣다 친해진 친구가 혼자 대중교통을 이용해 오가는 것을 보고 자극을 받은 건지, 항상 엄마가 대동하는 자신의 모습이 더는 아니다 싶었던 건지. 금요일 엄마의 피곤에 찐 모습도 부담인데, 토요일 아빠까지 가담되는 게 내키지 않았던 것인지도 모르겠다.

어찌 되었건 분명한 것은, 녀석이 혼자 가는 방법을 시도해 보고 싶어 한다는 방향성이었다.

그래서 오늘 처음으로 시도를 해 보기로 했다.

불필요하게 시간 낭비가 많은 구간을 없애기 위해 지하철역까지는 아빠가 태워다 주었다. 청소년용 교통카드를 사서 지하철역으로 내려갔다. 스스로 교통카드를 찍고 지하철을 타는 일을 거의 처음 해 보는 아들 녀석은 교통카드를 찍는 위치조차도 조심스러워했다. 교통카드를 찍으면 통로 차단기가 자동으로 개폐될 줄 알았던지 기다리고 있길래 그냥 밀고 가라고 했더니 그제야 움직였다. 아이가 5학년 때 함께 서대문 형무소를 다녀온 적이 있었는데 그새 잊어버렸나 보다. 어느 방향에서 타야 하는지 알려주고 벤치에 앉아 지하철이 오기를 기다렸다. 그때 아들 녀석이,

"엄마, 이제 나 할머니랑 외할머니 댁에 갈 때도

혼자 갈게.”

하는 것이었다.

"그래? 엄마, 아빠 미울 때 혼자 할머니 집 갈 거야?"

가볍게 농담을 던졌는데 녀석의 눈빛이 사뭇 진지했다. 이제 혼자 갈 수 있겠다고 한 번 더 다짐하듯 말하는 걸 보면 녀석이 예술의 전당을 혼자 가보겠다고 할 때부터 마음속에는 뭔가 '큰' 그림이 있었나 보다.

겁보 만보였던 녀석이 언제 이렇게 훌쩍 컸을까? 며칠 전에 학교로 찾아오는 병원 검진을 받던 날, 아들은 내가 퇴근 후에 만나 해도 좋을 얘기를 굳이 전화로 먼저 알려왔다. 키를 쟀는데 몇 cm가 됐다고. 몇 달 전만 해도 내 눈높이와 비슷하던 아들의 눈이 좀 위쪽으로 향한다 싶더니, 몇 달 만에 내 키를 훌쩍 넘어섰다.

그것이 신호였을까. 더이상 매번 엄마, 아빠가 데려다주고 데리고 오는 어린아이가 아니라는 '자각'이라도 온 것일까. 그래서 이 복잡하고 먼 거리를 대중교통을 이용해 혼자 오가겠다고 한 것일까. 이것을 시작으로 하고 싶은 일은 혼자 힘으로 해봐야겠다는 작심이라도 선 것일까.

정작 지하철을 타고 가는 동안 녀석의 행동은 엄마 손 잡고 따라 나온 아이, 그 이상도 이하도 아니었다. 전날 충전을 했는데 제대로 안 된 것 같다는 배터리 꺼진 핸드폰만 만지작거리며 멀뚱멀뚱 심심해하다, 엄마 노트북을 엄마 폰 핫스팟으로 연결하고는 기뻐하던 모습이란. 가는 내내 신나게 게임에 빠져 거치는 지하철역 이름은 대충대충. 그 모습을 보고 있노라니 녀석이 혼자 오가기를 잘 해낼 수 있을지 걱정이 또 앞섰다.

그러다 아들 나이었을 때의 나를 돌아보았다. 일 나가신 엄마를 대신해 된장국을 끓이고 밥을 지어 먹던 나를. 엄마가 안 계신 동안 동생들이 숙제를 다 했는지 점검하고 양말을 물에 불려 손으로 비벼 빨던 나를.

어디를 보더라도 나 때보다 더 여유로운 조건에서 풍족하게 살고 있는 이 아이를 못 놓고 있는 것은 다름 아닌 '나'였다.

학교에서는 초등 2학년 아이들에게도 문제를 해결하는 방법은 한 가지만 있는 게 아니라고 가르치면서. 스스로 다양한 문제 해결 방법을 찾아보라고 독려하던 '확신에 찬 교사'는 어디로 가고 중학생이나 된 아들 녀석 하나 혼자 내보내지 못하는 '고작 이 정도 엄마'란 말인가.

뭘 해도 사랑스러우나 뭘 해도 미덥지는 않았던 둘째이자 막내 녀석. 그런 녀석에게 '스스로 해 보는 시도'와 '연습'은 꼭 필요한 과정이다. 자신감과 자존감은 오롯이 혼자 힘으로 무엇인가를 해내었을 때 느끼는 기쁨과 희열에서 만들어진다. 그 과정에서 만나는 각종 난관은 아이에게 문제를 만났을 때 스스로 해결방안을 찾는 '기회'가 될 것이다.

그런 배움의 기회를 차단하는 부모가 되지 말아야지. 오늘도 뒤늦은 후회와 다짐을 하는 미숙한 엄마에게 돌아오는 지하철에서 아들이 말했다.

"엄마, 이제 나 혼자 할 수 있겠어!"

그래, 너는 벌써 오래전에 혼자 할 수 있었을 아이였다. 그걸 이제야 아는구나, 이 어리석은 엄마는.

선생님, 저 탈락시켜 주세요

—아이가 거짓말을 해요

"드릴 말씀이 있는데, 연락 가능한 시간 남겨주시면 전화 드리겠습니다."

누군가로부터 이런 문자를 받으면 일순 긴장되기 마련이다. 담임선생님으로부터 이런 문자를 받은 어머님들도, 학부모로부터 받은 교사도 마찬가지다.

5월 중순쯤, 지수(가명) 엄마로부터 이런 문자가 왔다. 무슨 일일까? 요즘 지수 신상에 내가 모르는 어떤 일이 있었나? 최근 지수의 학교생활 모습을 영화 파노라마처럼 빠르게 재생시켜 본다. 별로 특별할 것이 없다. 조금 말수가 적은 아이이긴 하지만 웃는 표정에 말도 예쁘게 해서 친구들과 트러블도 없는 아이인데……. 그래도 여아의 경우 겉으로 크게 도드라지지 않는 문제가 있을 수도 있어서 걱정이 되었다.

아이들이 모두 하교한 후, 서둘러 지수 어머니께 전화를 걸었다.

"지수가 요즘 거짓말을 해서 걱정이 되어서요."

라는 지수 엄마의 말씀에 학교에서 일어난 문제는 아닌 듯하여 일단은 안심이 되었다. 조금은 여유로운 마음으로 들어 본 이야기는 대략 이러했다.

'지수가 요즘 거짓말을 많이 해서 걱정이라는 것. 처음에는 한, 두 가지 정도만 해서 넘어갔는데, 이제 정도가 점점 심해지는 것 같다는 것. 아예 통으로 없는 얘기를 만들어 내서 깜짝 놀란다는 것. 학교에서 이런 일이 있었다며 신나서 얘기를 하는데 듣다 보면, 왠지 사실이 아닌 것 같아서 다른 친구네에 확인해 보면 거짓말이더라는 것. 학교에서

도 거짓말을 하나 걱정이 된다는 것.'

수화기 너머로 건너오는 머뭇거림과 얕은 한숨으로 지수 어머니께서 얼마나 심란하신지 느껴져 왔다. 어머니는 이러다 아이가 거짓말을 일삼는 아이가 될까 봐 걱정인 것 같았다.

지수 엄마는 지수가 학교에서 돌아오면 주로 첫마디가, 오늘 학교 재미있었어? 무슨 일이 있었니? 였단다. 남자아이들은 특별한 일이 있던 날에도 "몰라, 생각 안 나!" 하고는 자기 관심사로 집중해 버린다. 그러나 여자아이들은 다르다. 관계 지향적인 여자아이들은 세상에서 최고로 사랑하는 엄마의 기대에 어떻게든 부응하고 싶어 한다. 엄마가 그랬어? 하고 눈이 똥그래지면 아이는 자신의 말에 엄마가 크게 관심을 보였다는 사실에 마냥 신난다. 그림책과 동화책을 즐겨 읽는 아이라면 이야기를 만들어 낼 수 있는 기량도 출중하다.

딸아이가 초3 때였다. 교내 영어 말하기 대회가 있었다. 초2 담임이었던 나는 3~6학년 대상의 대회라 뒤늦게서야 대회가 있다는 사실을 알았다. 딸아이가 전혀 말을 안 해서 대회가 있는 줄 까맣게 모르고 있었다. 대회가 있다는 사실을 안 것은 예비심사 하루 전날. 딸아이에게 영어 대회가 있다는 사실을 몰랐냐고 물었다. 딸아이는 처음 들은 표정이었다. 엄마가 인터뷰하는 거 도와줄 수 있다고, 참가하고 싶냐고 물어보았다. 거침없이 하겠다고 말해서 전날 밤에 열심히 예상 질문지를 만들고 연습하도록 도왔다.

다음날, 아이가 예비심사를 잘 치렀는지 궁금했다. 담당자이신 영어 선생님께 아이가 제대로 했는지 슬쩍 물어보았다. 영어 선생님은 내 아이 이름을 모르셨기에 딸아이 이름을 듣고 깜짝 놀라며 대답을 머뭇거리다 말씀해 주셨다. 예비 인터뷰를 하러 들어온 아이가 자리에 앉자마자,

"선생님, 저 심사에서 탈락시켜 주세요."

하더란다. 왜 그러냐고 물었더니 자기는 평소에

영어에 소질이 없는 것 같다고 하더란다. 예비심사 보러 와서 이렇게 말하는 아이는 처음이어서 이름을 기억해 두었는데 그 아이가 선생님 딸이었냐고, 미리 알았으면 어떻게 좀 말려볼 걸 그랬다고, 오히려 미안해하셨다. 아니라고, 감사하다고 말씀드렸지만, 실은 굉장히 충격을 받았다.

아이가 왜 그랬을까. 나한테는 대회에 참가하고 싶다고 했었는데. 솔직하게 나가기 싫다고 말했으면 나도 그렇게까지 나가라고 하지는 않았을 텐데.

딸은 엄마가 챙겨 물어본 대회에 안 나가겠다고 하면 왠지 엄마가 실망할 거라고 생각한 모양이었다. 아이는 엄마의 기대에 부응하기 위해 나가고 싶다고 대답은 했지만, 속마음은 그렇지 않았던 모양이다. 얼마나 스트레스를 받았으면 예비심사를 보러 가서 선생님께 그런 말을 했을까, 싶어 안쓰러웠다. 엄마가 또 앞서갔구나, 딸아이에게 미안했다.

"지수가 어머니 관심을 더 받고 싶어 하는 게 아닐까요?"

조심스레 말씀드렸더니, 지수 어머니도 운동을 하는 지수의 언니 쫓아다니느라 둘째에게 신경을 못 쓰긴 했다고 하셨다. 지수가 거짓말을 하려고 한 게 아니라 엄마의 기대에 부응해 보고자 상상해서 이야기를 꾸미는 것일 수도 있다는 내 생각에도 수긍해 주셨다.

그러나 사실이 아닌 것을 사실인 것처럼 꾸며 말을 한다면 거짓말이 맞다. 그러므로 지수가 꾸며서 하는 말이 옳지 않은 것임을 알려줄 필요는 있다. 지수 어머니는 지수와 이야기를 나누어 보시겠다고 하시고는 전화를 끊으셨다.

아이에게 문제가 보이면 겉으로 보이는 것보다 보이지 않는 면에 그 원인이 있을 때가 많다. 현실과 상상의 구분의 경계가 모호했던 유아기를 벗어난 아이가 여전히 없던 일을 꾸며서 말하고 있다면, 아이의 속마음을 살펴보는 게 먼저다. 혹시 엄마나 아빠의 기대에 맞추기 위해 거짓말을 하는 것은 아닌지 살펴볼 일이다.

아이가 어렸을 땐 나도 미숙한 엄마여서 이런 생각을 하지 못했다. 이제는 훌쩍 커서 자신의 세상이 커져 버린 딸, 엄마의 기대에 관심이나 있는지 모르겠다.

안 받는 게 좋을 텐데.
감당할 수 있겠나, 자네?

─중학생 딸 핸드폰에 저장된
가족들의 이름에 담긴 아이의 마음

　얼마 전에 딸의 핸드폰을 바꿔 주었다. 요즘 중학생들은 사과 한 입 베어 문 회사의 핸드폰이 아니면 꺼내기도 창피하다는 말이 괘씸해 안 사줄까, 했었다. 그런데 딸이 기말고사를 잘 보면 원하는 폰으로 바꿔 달라는 협상안을 제시해온 것이었다.

　요것 봐라? 맹랑한 배수진에 고민하다 이왕 바꿔 주어야 할 딸의 핸드폰 상태를 감안하여 우리의 협상은 극적으로 타결되었다. 협상안을 먼저 제안했던 딸은 원하는 목표를 향해 매진하여 결국 원하던 그 회사의 폰을 손에 넣었다.

　문득, 새로 산 핸드폰에 엄마 번호를 무슨 이름으로 저장했는지 궁금해졌다. 딸은 그냥 '엄마'라는 이름으로 저장을 했다고 한다. 그냥 '엄마'라니, 이게 이렇게 안심되는 거였구나. 내가 이러는 데는 이유가 있다. 1년 전 딸의 구형 핸드폰에 저장되어 있던 내 이름이 너무 특별했기 때문이다. 그에 비하면 그냥 '엄마'는 너무 밋밋한 거지.

중학생 딸아이가 가족 핸드폰 번호를 저장하는 법

1년 전쯤, 핸드폰에 엄마 이름을 '미친○'이라고 저장했다는 10대 여중생 얘기를 어디선가 듣고 충격을 받았었다. 그래서 딸이 나를 어떻게 저장해 두었나, 알고 싶었다.

"혹시 너도 핸드폰에 엄마를 '미친○'으로 저장한 거 아니야?"

라는 내 물음에 픽, 웃는 딸을 보니, 그것은 아닌 것 같아 조금 안심이 되었다. 그래도 확인해 보고 싶었다. 뭐라고 저장했는지 보여달라고 하니, "아니, 그냥, 뭐, 별거 아니야."라며 딸이 한참 뜸을 들였다. '엄마'라고 저장하지 않은 게 분명했다.

"그냥 궁금해서 그런다, 엄마는 진짜 '미친○'만 아니면 뭐라도 괜찮다." 했더니 그건 아니란다. 그럼 안 보여 줄 이유가 뭐가 있냐고 몇 분 옥신각신하다 딴 말 하지 않기, 라고 약속하고서야 겨우 확인한 딸의 핸드폰 엄마 자리에 저장된 이름.

'안 받는 게 좋을 텐데. 감당할 수 있겠나, 자네?'

처음 봤을 때는 이게 뭐지? 싶었다. ○○○ 이름 세 글자나 기껏해야 '초등 친구', '○○ 선생님' 정도를 연락처 이름으로 사용하는 나였기에, 이런 문장형의 문구가 이름 자리에 들어갈 수 있다고는 전혀 생각해 보지도 못했다.

이게 '엄마'를 대신한 이름이라는 사실을 인지한 후에도 이게 '미친○'보다 나은 건지 빠른 판단이 서지 않았다. 일단 웃겨서 웃긴 했는데, 웃는 게 웃는 게 아닌, 복잡한 심정이었다.

"엄마에 대해서 이렇게 긴 이름을 짓는다는 것

은… 그만큼… 엄마에 대한… 관심이 많다는 증거
인 거지~."

　　더듬거리다가 끝말을 빠르게 붙여 끝내는 것은
딸이 뭔가 애매한 상황을 항변할 때 말하는 습관이
다. 딸이 나의 복잡한 표정을 보니 뭔가 실드를 치
지 않으면 안 되겠다는 판단이 섰던가 보다.

　　딴 말 하지 않기, 라고 약속했지만, 이게 정확히
무슨 뜻인지 짚고 넘어가고 싶었다. 어쨌든 엄마 전
화를 안 받고 싶다는 뜻 아닌가? 엄마 전화가 받기
싫었던 거냐, 평소에 이렇게 생각한 거냐, 정말 순
수히 궁금해서 물어보는 거다, 라고 딸의 진짜 속마
음을 알고 싶어진 나는 말이 많아졌다.

　　"아니, 그냥. '엄마'라고만 하면 재미없잖아."

　　딸이 씩, 웃었다.

　　"좋은 뜻이야, 좋은 뜻~"이라고 덧붙이면서. 나

는 정말 엄마 전화를 받기 싫어서 그런 것이 아니라
고 재차 확인받은 뒤에야 애매한 마음을 접기로 했
다. 한창 사춘기를 통과 중인 딸이 '미친○'으로 저
장 안 한 것만으로도 감사하자며.

그때 아이 마음이 어땠을까, 몰라줘서 미안해

다른 가족 이름은 어떻게 저장했는지도 궁금해
서 확인해 보니, 아빠 이름은 '좀 급한 듯', 남동생
이름은 '응, 끊어'였다. 평소 아빠가 딸에게 전화할
일이 별로 없으므로 아빠로부터 전화가 온다는 것
은 엄마와 통화가 되지 않을 때 해결해야 할 급한
일이 생겼다는 뜻이다. 사춘기 누나가 남동생을 어
찌 생각하는지는 아는 사람은 다 알 것이다. 입력된
문구대로, '너하고는 말 섞기 싫다'는 뜻이다.

엄마의 전화는 받지 않는 게 좋을 듯하고, 아빠
는 급할 때 아니면 전화할 일이 없으며, 남동생은
통화하기 싫은 대상이라면, 딸아이는 누구와 속을
터놓고 얘기할 수 있단 말인가.

아닌 게 아니라 당시에 딸아이는 중학교에 입학

하면서 초등학교 때 가장 친했던 친구와 헤어져 새 친구를 사귀지도 못하였고, 새로운 중학교 환경에 적응하기도 힘들어했었다. 학습지나 악기를 배우러 다니는 것을 제외하고는 학원도 많이 안 다녀 본 아이가 매일 저녁 늦게까지 학원을 다니게 된 스케줄도 견디기 힘들었을 것이다.

딸이 핸드폰에 가족 한 사람, 한 사람에게 붙였던 이름은 가족을 바라보는 아이의 시선과 느낌을 표현한 것일 것이다. 아이는 '재미'라고 둘러댔지만, 저 표현을 만들어 저장했을 때 아이의 마음이 어땠을까. 핸드폰의 가족 이름들이 아이 마음속 아우성의 표현이었을지도 모른다는 생각에 돌아보는 엄마 마음이 또 서늘해진다.

다행히 딸의 사춘기 터널이 7부 능선을 넘은 듯하다. 말도 많아지고 애정 표현도 예전처럼 많아지는 것을 보면 말이다. 이젠 좀 '신박한' 이름으로 '엄마' 자리에 저장되고 싶다는 욕심, 조금은 내어 봐도 좋을지 모르겠다.

택배 오배송이 남긴 혜안(慧眼)

딸에게서 전화가 왔다.

주문한 물건이 언제 도착하는지 확인하려는 거였다. 주문한 지 이틀밖에 안 됐는데 성미도 급하지.

기말고사를 보기 전에 성과에 대한 보상이 있어야 공부할 맛이 난다며 딸이 먼저 제안을 해 왔다. 제안인즉슨, 시험을 잘 보면 '기타'를 사달라는 것이었다. 시험 끝나면 제대로 놀아보겠다는 심산이 분명했지만, 그래도 그렇지, 칠 줄도 모르는 기타를 사서 어쩌겠다는 것인지. 사춘기 딸의 생각은 열 길 물속보다 헤아리기 어렵다.

열심히 공부해서 좋은 결과가 나오면 네가 좋을

3장. 20년 차 교사도 자식 교육은 어렵습니다

일이지, 왜 내게 보상을 요구하냐는 생각이 앞섰지만, 엄마가 딸의 사기를 꺾으면 안 되므로 응해 주기로 했다.

아직도 현실의 쓴맛을 덜 봤는지, 무슨 자신감으로 한 번도 받아보지 못한 최고점을 내 걸기에, 큰 걸 걸어도 되겠다 싶었다. 현실과 이상의 괴리를 아직 명확히 구분 짓지 못하는 중2 사춘기인 딸은, 그렇게 목표를 잡을 때 아직 현실감이 없다. 그러면 어떠랴. 이때라도 '이상'을 꿈꿔보지 않는다면 언제 꿔 보겠나.

전혀 기대감을 가질 수 없거나, 좋지 않은 결과가 뻔해 보이는 상황에서 영화의 주인공은 난관을 딛고 자신의 목표를 기대 이상으로 성취해 낸다.
그런데, 그건 영화에서나 일어나는 일이다. 현실 속 결과는, '혹시나'가 '역시나'였다.

그래도 재미없고 괴로운 시험에 대해 나름 즐길 수 있는 동기부여를 스스로 만들어 내고, 소기의 목적을 달성하기 위해 노력하는 과정은 칭찬해 주어야 마땅한 일이다. 그래서 보상의 수준을 낮춰 조정하고 주문한 물건을 목 빠지게 기다리던 중이었다.

낮에 내 핸드폰에 택배 도착 예약 메시지가 왔길래, 딸에게 곧 도착할 거라고 알려 주었다. 그런데 잠시 후, 딸에게서가 아니라 친정엄마에게서 전화가 왔다. 시킨 게 없는데 택배가 왔다고. 굉장히 큰 택배가 왔는데 혹시 뭘 보낸 거냐고. 지난번에 엄마 댁에 뭔가를 배송한 뒤로 배송지를 우리 집으로 다시 재조정하지 않았던가 보았다.

이런 낭패가 있나.
딸은 곧 도착하리라는 택배 받을 생각에 기분이 최고로 업 되어 있을 텐데, 이를 어찌하면 좋단 말인가. 하필 배송된 날짜가 토요일이다 보니, 다음 택배 예약을 건다 해도 며칠은 걸릴 것이다. 난감하여 딱히 해결 방법이 떠오르지 않을 때는 '정직'이 최선이다.
"딸, 택배가 도착했긴 했는데⋯⋯."

"그래?"

현관문 여는 소리가 수화기 너머로 들린다.

"아니, 우리 집 말고. 외할머니 집에."

수화기 너머로 일순 정적이 흐르는 걸 보니 딸도 이게 뭔 소린가 싶었나 보다.

곧이어 택배 주소를 바꾸지 않아서 기타가 외할머니 집으로 오배송되었다는 말을 듣고는, 딸이 그럼 어떡할 거냐고 입에 거품을 문다. 엄마가 가서 가져오란다. 자동차로 편도 5시간이 넘는 거리를. 보상을 요구하는 협상을 해 올 때 응하는 게 아니었다. 후회막심이었다.

그날부터 딸은 나를 볼 때마다 안달복달을 했다. 엄마의 부주의로 일어난 일이니 어서 빨리 문제를 해결해 내라고 성화를 부렸다. 그러면 뭘 하나. 그렇다고 택배기사를 수소문해 물건을 찾아올 수도 없는 노릇이지 않은가.

다시 온라인 택배 예약을 걸어 물건을 받은 건 그로부터 나흘 뒤였다. 다시 택배 예약을 걸 때는 5

일 뒤에 도착하는 것으로 알고 있던 터였다. 예상보다 하루 일찍 물건을 받아 든 딸은 비로소 함박웃음을 보였다. 나흘 동안 나를 못살게 굴어서 꼴도 보기 싫던 딸의 얼굴이었다. 그런데 그 얼굴에 웃음꽃이 피니, 내 마음도 다시 평온해졌다.

살다 보면 잘못된 판단이나 실수로 원래 가야 했던 곳이 아닌 엉뚱한 곳에 가 있을 데가 있다. 어디서부터 잘못된 것인지, 누구 탓인지 따지느라, 머뭇거리다 보면 돌아 나오는 데 걸리는 시간만 길어질 뿐이다. 착각해서 반대 방향의 버스를 타고 엉뚱한 목적지에 닿았다면, 그 버스를 타고 다시 되돌아 나오면 될 일이다.

그냥, 조금 더, 시간이 걸린 것뿐이다. 다시 원점으로 돌아오면 원래 가야 했던 길이 더 잘 보일 수도 있고, 되돌아 나오다 새로운 길을 발견했을지도 모를 일이다.

누가 아는가. 5일 만에 올 줄 알았는데 하루 더 빨리 도착한 우리의 택배물처럼, 혜안(慧眼)을 장착해 찾은 지름길 덕분에 더 빨리 목표지에 도착하게 될지.

오늘부터 딸이 교본을 보고 띵띵거리며 연습하는 소리 참아주려면, 성능 좋은 귀마개를 택배로 주문해야겠다. 이번엔 배송지 주소를 꼭 확인해야지.

유튜브를 보고 씩씩거리던 딸,
그 덕에 내가 알게 된 것
—자식의 질문은 부모를 한 뼘 더 성장시킨다

딸이 밥상머리에서 씩씩댄다. 또 신경을 거슬리게 하는 유튜브를 봤나 보다. 이놈의 유튜브, 못 보게 할 수도 없고.

딸은 정체성의 혼돈 속에서 자신을 찾아가는 사춘기를 지나고 있다. 이런 시기에 자극적인 영상 위주의 플랫폼인 유튜브를 통해 민감한 문제들을 접하고, 너무 과민하게 반응할 때면 부모로서 걱정이 앞선다.

"유튜브 좀 그만 봐!"

소리가 목구멍까지 올라오지만 입 밖으로 튀어나오지 않도록 하려면 심호흡이 필요하다. 이번엔 또 뭘까. 10대인 딸이 속사포처럼 쏟아놓은 급식체

(초성체, 줄임말 등 10대들의 은어)를 다 이해하려면 고도의 집중력과 민첩한 맥락적 눈치가 필요하지만 결국 무슨 말인지 이해하는데 실패하고 만다. 딸아이가 사용한 한 용어부터 아무리 앞뒤 맥락을 따져보아도 알아들을 수 없는 말이었기 때문이었다. 그래서 물어보았다.

"'○이루'가 뭐야?"
"아, '○○'의 '○'와 '하이루'의 '이루'를 합친 말이야."

이쯤 되면 ○○이 사람 이름임을 짐작할 수는 있겠다.

"○○이가 누군데?"

주로 게임 방송을 하는 유명 유튜버란다. 그제야 딸이 전에도 몇 번 이름을 언급했다는 생각이 스치며, 침 튀기던 딸의 말들의 씨실과 날실이 맞춰진다. 최근 젠더 이슈와 관련해 이 단어가 논란에 휩

싸웠나 보다.

요즘 아이들이 보는 유튜브 내용이 다 이런 것인지, 알고리즘의 영향으로 딸이 한 번 본 주제를 자꾸 접하게 되는 것인지, 아이는 자주 이런 문제를 언급한다. 정체성에 민감한 시기여서인지, 딸은 '젠더' 이슈에 유독 민감하다.

유튜브의 특성상 이슈에 대해 더 과격한 어휘와 어조로 다루다 보니 감수성이 풍부한 사춘기 아이에게 미치는 영향력이 더 큰 것 같다. 나무만 보다가 숲을 보지 못하게 될까 봐 걱정이다.

"딸, 네가 초등학교 다닐 때 너희 반에서 여자애들이 그룹 지어 서로 자주 싸웠던 거 알아?"

딸이 초등 3학년 때부터 딸아이 반에서는 여자아이들이 그룹을 지어 서로 대립각을 세우던 일들이 많았다. 학부모 상담을 갔다가 딸의 담임선생님께 들은 내용이었다. 그런데 또래에 비해 좋게 보면 무던하고, 반대로 보면 둔감한 딸은 반에서 일어나는 소동에서 벗어나 있었다. 오히려 그런 상황을 모를 때가 많아서 너무 눈치가 없는 거 아닌가 싶었다.

"응, 난 잘 몰랐어."
"네가 지금 얘기하는 문제는 그런 문제가 아닐까?"

딸아이는 어리둥절한 표정을 지었다. 딸아이가 속해 있지 않은 일이거나, 중요하지 않다고 생각되는 문제라 신경 쓰이지 않았을 거라는 말이었다. 그때 딸의 관심사는 다른 것이었을 테니까. 현재 자신에게 더 중요한 문제에 집중하다 보면 다른 문제들이 아무리 시끄러워도 귀에 들어오지 않는 법이니까.

그러므로 지금 스스로에게 더 중요한 문제가 무엇인지 먼저 알 필요가 있다. 관심을 어디에 두어야 할지, 중요한 것이 무엇인지 찾아야 하는 것이다.

"그러려면 무엇이 너에게 가장 가치 있는 일인지 찾아야겠지. 네 안에 너의 곧은 생각이 채워져야 그런 복잡한 문제가 생겼을 때 휩쓸리지 않을 거야."

그러니까 결국 책을 좀 많이 읽으라는 말을 하

고 싶었던 것인데, 번들거리던 딸아이 눈빛이 갑자기 따사로워졌다. 왜 또 저런 눈빛일까. 하루에도 12번 변덕을 부리는 표정이라 정신을 바짝 차려야 한다. 딸아이가 다가오더니 내 머리를 살포시 끌어안으며 말했다.

"이런 말을 해 주는 어른이 있어서 좋아."

그러고 보니 딸은 고3 학생들에게 투표권을 준다는 뉴스를 접했을 때도 이렇게 흥분했었다. 한창 공부할 학생들에게 투표를 하라고 하면 공부하지 말고 정치에 관심을 가지라는 거냐며. 딸이 그런 생각을 가지고 있었다니 깜짝 놀랐다. 어른들이 학생들의 의견을 들어보지도 않고 마음대로 교육 정책을 결정한다고 입에 거품을 물때는 언제고 목소리를 낼 기회를 준다는데도 싫다니.

그때 알았다. 요즘 아이들이 아는 것이 많고 말도 잘하니 가끔은 '생각'도 다 자란 것 같지만, 유튜브에 넘쳐나는 수많은 이슈들 속에서 자신만의 바른 생각을 정립하기 어려워한다는 것을.

딸은 80%에 달하는 프랑스 젊은이들의 투표율에 따라 프랑스 정치권이 젊은 유권자들의 권익을 반영하기 위해 얼마나 눈치를 보는지 알고 난 후에야 자신의 생각을 다시 고쳐 세웠다.

딸과의 대화를 통해 더 중요한 것을 알게 되었다. 딸에게 스스로 바른 생각을 정립할 수 있도록 책을 읽으라고만 잔소리했는데, 어른인 난 내 입맛에 맞는 것들만 취사선택해 오지 않았나. 나와 다른 의견, 나와 다른 세상의 사람들을 이해해 보려는 노력을 얼마나 했었던가. 숱하게 내 속을 헤집어놓았던 세상의 일들과 만날 때, 휘둘리지 않을 '굳건한 나'가 내 안에 잘 세워져 있는가.

어른인 내가 먼저 생각을 바르게 해야겠구나. 부끄럽지 않은 어른이어야겠구나.

영국 시인 윌리엄 워즈워드가 노래했듯, '아이는 어른의 아버지'인 게 맞다. '어른'이라고 착각하며 살아가는 나를 제법 고민하게 하는 것을 보니.

먹이를 주는 쪽이 이긴다

―인간은 선한 존재일까, 악한 존재일까

성선설? 성악설?

"엄마는 사람이 선하다고 생각해, 악하다고 생각해?"

중3 딸아이의 갑작스러운 질문에 선뜻 답을 하지 못했다. 오래전, 고등학교 윤리 시간에나 들었던 '성선설'과 '성악설'의 문제를 그로부터 30여 년이 흐른 후 딸아이의 질문으로 다시 마주하게 될 줄은 미처 몰랐으니까.

그렇게 말려도 유튜브로 세상과 만나는 십 대인 딸에게 세상은 온통 비방과 험담, 사건, 사고로 가득 찬 곳이라 딸은 인간이 선하다는 생각을 하지 못

하겠다고 한다. 마음을 주었던 셀럽들의 과거 잘못된 행실에 대한 기사와 이를 물고 뜯는 유튜버들을 보며 오만 정이 다 떨어진 후에야 잠시 유튜브와 결별하기도 한다. 그래 봤자 알고리즘을 타고 이내 전해오는 유튜브 채널은 부러뜨리지도 않은 제비가 물어다 준 흉한 박 씨 모양이다.

기억은 나지 않지만 나는 꼬맹이 적에 엄마를 따라다니다 천주교회에서 유아세례를 받았다고 한다. 현재는 세례를 받았음을 인증하는 당시 사진 한 장이 아니라면 그런 일은 없는 일이었다고 치부할 정도로 '무교'에 가까운 생을 살아온 지 오래다. 딱히 굳게 믿는 종교가 없다는 전제하에 기독교에서 말하는 '원죄설'에 대해 생각해 보았다.

하나님이 금했던 선악과를 따 먹었다고 하여 하나님의 뜻을 거역한 죄인이 되고, 죄인의 아들, 딸로 태어난 모든 인간 역시 타고나면서 이미 죄를 갖고 태어난다는 '원죄설'은 최초에 누가 주창한 것일까? 모든 인간들에게 타고난 죄의식을 심어주고 그로부터 얻을 수 있는 이익은 무엇이었을까? 정말 인간은 타고나면서부터 죄인인 것일까?

아이들을 통해 만난 인간의 본성

아이들과 과학의 날 행사로 간단한 과학적 원리를 활용한 만들기 활동을 했다. 양력(揚力)으로 이동하는 비행기의 비행 원리를 알아보는 수업이었다. 2학년 아이들도 어렵지 않게 조립하고 원하는 대로 꾸밀 수도 있어서 흥미로운 수업이었다. 비행기를 만들고 날려보면서 양력에 의한 움직임을 바로 확인할 수 있어서 어렵지 않게 과학원리에 접근할 수 있는 수업이었다.

아이들은 저마다의 비행기를 꾸미고 날려볼 수 있다는 담임의 안내에 활동을 시작하기 전부터 이미 들떠 있었다. 저마다 정성 들여 꾸민 비행기 한 대씩을 손에 들고 운동장으로 나설 때 이미 아이들의 마음은 양력 없이도 하늘 위로 두둥실 떠올랐을 것이었다. 아이들에게 자신들이 만든 비행기가 높은 곳에서 운동장을 가로질러 슝— 날아가는 멋진 비행 모습을 선사해주고 싶었다. 그래서 구령대에서 날려보도록 했다.

"선생님, 제 비행기가 없어졌어요!"

잠시 후, 몇몇 남자아이들이 와서 이렇게 말했을 때, 다른 아이들의 비행기와 섞여서 놓쳤겠거니 생각했다. 그런데 비행기가 차양막 위로 올라갔다는 다른 아이들의 말을 듣고서야 사라진 비행기의 행방을 알게 되었다. 그때까지도 비행기가 어떻게 높이 위치한 그곳에까지 이르게 되었는지 파악하지 못한 나는, 그때서야 아이들을 차양막에서 떨어진 곳에서 날리도록 했다.

다른 아이들에 비해서 그리고 만드는 솜씨가 빼어난 민기(가명)도 비행기가 차양막에 올라간 아이 중 하나였다. 민기는 정성 들여 만든 비행기가 손이 닿지 않은 높은 곳으로 사라져 버리자 매우 속상해 했다.

"미리 말해 주셨어야지요."

민기의 볼멘소리를 듣고 난감해졌다. 비행기가 위로 올라가 차양막으로 날아갈 수도 있음을 왜 미리 알려주지 않았냐는 원망 섞인 말이었다. 아이의 실망스러운 눈빛에 "선생님도 이리될 줄은 미처 예상하지 못했단다."라고 말할 수도 없었다. 그때서야 일이 그렇게 된 이유가 짐작되었다. 아이들에게 멀리 날아가는 비행기를 보여주고 싶다는 나의 마음은 성급했다. 양력에 의해 위쪽으로 작용하는 힘의 원리를 알아보는 오늘의 수업 주제를 순간 잊게 할만큼. 그러므로 높은 데서 날린 몇몇 아이들의 비행기가 위쪽으로 솟구쳐 차양막 위로 날아가 버린 것은 전적으로 나의 잘못이었다.

비행기는 아이들의 마음을 담아 두둥실 날아올랐어야 했다. 그렇게 비행기를 놓쳐버린 아이들의 속상한 마음을 어쩐다? 고민스러운 나를 구원해 준 이들은 다른 아이들이었다.

"자기 비행기 충분히 날린 친구들 중, 비행기가 올라가 버린 친구들에게 빌려줄 수 있는 친구들 있을까?"

물었더니, 너도나도 자기 비행기를 가져와 비행기가 사라진 친구들에게 빌려주는 것이었다. 그뿐만 아니라, 하교 전에 한 아이는 자기는 충분히 갖고 놀았다며 비행기를 잃어버린 친구에게 자기 비행기를 주고 싶다고 말하는 것이었다. 한 아이가 그렇게 하니, 자기 것도 주겠다는 아이들이 여럿 생겨났다. 그렇게 2학년 아이들 사이에서 일어난 '선한 영향력'으로 우리 모두 양력 없이도 충만한 마음의 비행을 할 수 있었다.

뤼트허르 브레흐만은 〈휴먼카인드〉에서 인터넷에서 떠도는 다음의 일화를 소개한다.

─어떤 노인이 손자에게 이야기한다. "나의 내면에서는 싸움이 벌어지고 있다. 두 마리 늑대의 처절한 싸움이다. 하나는 '악'이다. 분노에 차 있고 탐욕스러우며 질투가 심하고 교만하며 비겁하다. 다

른 하나는 '선'이다. 평화롭고 타인을 사랑하며 겸손하고 관대하며 정직하고 신뢰할 수 있다. 너의 내면에서도 두 마리의 늑대가 싸우고 있다. 다른 모든 사람들도 마찬가지다."

잠시 뒤 손자가 "어느 쪽 늑대가 이기나요?"라고 묻자 노인은 미소 지으며 답한다.

"네가 먹이를 주는 쪽이지."

다시 딸의 질문을 상기해 본다.

"엄마는 사람이 선하다고 생각해, 악하다고 생각해?"

엄마는 마음속 선한 늑대에게 먹이를 더 주어보려고 한다. 자발적으로 선한 늑대를 무럭무럭 키워가는 아이들의 선한 행동을 자주 보았으니까. 하나가 보여 준 선한 행동이 어떻게 주변 이들에게 영향을 미치는지, 그로 인해 어떻게 우리 모두가 행복해지는지 아니까 말이다.

70년대생 엄마가
2000년대생 딸에게

—너의 삶을 당당히 주체적으로 살아

나의 딸에게

딸, 오늘도 안녕?

2년 전쯤 후원하는 마음으로 3년짜리 시사잡지를 결재했을 때, 중학생인 네가 오다가다 몇 페이지라도 읽지 않을까, 하는 기대감이 있었지. 과연 중2가 되면서는 본격적으로 진지하게 읽더구나. 그러면서 생각의 폭이 넓어지는 것 같기도 하고.

여러 친구들을 만들지 않고 유튜브로 필요한 정보를 얻는 10대인 네가 혹시 편협한 사고에 빠지지는 않을까. 어릴 적 엄마를 많이 닮은 네가 엄마처럼 나무에만 집중하느라 숲을 보지 못하는 건 아닐까. 엄마는 네가 너와 너를 둘러싼 세계에 대해 균형 있는 시각을 갖기를 바라는 마음이 컸던 것 같아.

　　요즘 너는 자주 보는 유튜브 채널에서 접했는지, 출근 준비로 바쁜 엄마와의 아침 식탁 머리에서 여성 문제를 다룬 이슈에 대해 침을 튀기며 얘기를 하곤 했지. 충분히 이야기를 듣기에도, 정리되지 않은 엄마의 생각을 전달하기에도 출근 시간은 너무 빠듯한 시간이지. 그래서 엄마가 요즘 읽은 책을 보며 든 고민이나 생각을 얘기하려고 해. 너의 생각에 도움이 되기를 바라며.

질문이 생긴 두 권의 책을 읽었어

　　엄마가 최근 읽은 첫 책은, 도란 작가님의 『아이 없는 어른도 꽤 괜찮습니다』란 책이야. 딩크(DINK) 이야기를 다룬 책이란다. 딩크(Double Income No Kids)는 '아이를 갖지 않는 맞벌이 부부'를 뜻하는 말이란다. 도란 작가님은 아이를 낳을지, 말지 고민하는 후배들에게, "선택하지 못하는 게 이상한 거야."라고 말씀하신다는구나.

엄마는 이 말에 깜짝 놀랐어. 출산이 '선택'의 문제라는 것을 엄마는 생각해 보지도 않았거든. 엄마는 결혼하면 당연히 아이를 낳는 것이라고만 생각했어. 그래서 몇을 낳을지만 고민했지, 낳을지 말지는 고민의 대상인 적이 없었지. 왜 엄마는 그런 고민조차 하지 않았던 것일까.

두 번째 책은 게르드 브란튼 베르그의 『이갈리아의 딸들』이란다. 이 책을 읽으면서도 엄마는 머리를 한 대 얻어맞은 것 같았어. 이 책은 남성과 여성의 성역할 체계가 완전히 뒤바뀐 '이갈리아'라는 가상의 세계를 그린 소설이란다. 남성과 여성을 칭하는 새 용어부터 정립하며 시작되는 이야기는, 성 역할을 완벽하게 바꾸어 전개되기 때문에 읽다가 깜빡 딴 생각을 하면 내용에 대한 이해가 산으로 가게되는 책이야.

읽으면서 그래, 나는 움(wom, 가부장제 사회에서 여성을 지칭하는 새 용어)이야. 이갈리아 가부장제 사회에서 가장의 역할을 맡고 있는, 이라는 의식을 끊임없이 환기해 주어야 올바로 이해가 되는 책이지.

왜 엄마는 이 책을 읽으면서 그렇게 정신줄을 잡아야만 온전히 이해할 수 있었던 것일까.

두 책을 읽고 엄마가 가졌던 의문에 대해 생각해 보고 있어. 왜 한 번도 출산 여부를 '선택'의 문제라고 생각해 보지 않았는지, 성 역할이 뒤바뀐 사회를 들여다보며 왜 엄마는 헷갈렸던 것인지. 그래서 엄마가 가진 질문에 대해 몇 가지 이유를 생각해 보았단다.

첫 번째 이유는, 주체적인 여성의 삶에 대한 엄마 스스로의 고민이 부족했기 때문이지 않았나 싶어. 물론 엄마는 네 나이 때부터 장래의 꿈이 뚜렷했고 나름 그 길을 향해 뚜벅뚜벅 걸어갔기 때문에 엄마가 원하는 일을 하며 보람 있는 삶을 살고 있다고는 생각해. 하지만 그것은 어디까지나 '나'의 삶을 어떻게 살 것인가에 초점이 맞춰져 있었던 것이지, '여성으로서의 나'에 관한 것은 아니었거든. 엄마가 여성으로서의 나를 본격적으로 자각했던 시기는 결혼을 하고 너를 낳으면서 시작되었으니, 너무 늦은 거지.

두 번째 이유는, 가부장적인 사회와 교육의 결과 때문이 아닌가 해. 엄마는 아버지의 부재 속에 자라왔지만, 주변 친구들이나 친척들의 가정을 보며 은연중에 남성 위주의 가정을 머릿속에 담고 있었나 봐. 엄마가 결혼하고 아이를 낳기 전까지는 여성으로서 주체적으로 어떻게 살아야 할 것인지에 대해 누가 알려준 기억이 없어.

물론 '여자의 삶'에 대해서는 엄마의 엄마를 보며 막연하게 그려보기는 했었지만. 외할머니도 그런 가르침을 받아보신 적이 없으셨을 테니 엄마에게 말해 주시기 어려웠을 거야. 외할머니는 혼자 힘으로 나름의 위치에서 사회적 역할을 다하며 살아가는 세 자녀를 길러내신 훌륭한 분이시란다. 하지만 어렸을 때 한 번씩 자식들 문제로 속이 상하실 때는, "남편 복 없는 ○이, 자식 복은 있겠냐."라고 박복한 팔자 탓을 하셨으니, 은연중에 가정에는 남자가 가장이어야 한다는 사고가 주입되었는지 모르겠어.

외할머니께서 꼭 한 번, 여자인 내게 선택권이 있음을 알려주신 적이 있긴 해. 결혼하고 얼마 안 되었을 때, 외할머니가 엄마한테 그랬거든. "떡잎이 누렇거든 아이 생기기 전에 돌아오라"라고. 떡잎이 누구냐고? 누구긴 누구야. 지금 네 아빠 말하는 거지.

그 떡잎, 아직까지 엄마가 잘 키워주고 있으니 칭찬은 엄마가 받을게.

세 번째 이유는 두 번째 이유와의 연결선상에 있어. 그것은 자라오면서 주입된 여성으로서의 성 역할 때문인 것 같아. 엄마 어렸을 때, 주변 어른들이 '큰딸은 살림 밑천'이라고 하셨거든. 큰딸에게 누가 밑천을 주겠니. 큰딸은 장성하면 집안 살림을 위해 일찍부터 가정 경제를 돕고 동생들 뒷바라지를 하라는 뜻이었던 거지. 그래서 엄마는 하마터면 상업고등학교에 진학해서 은행에 취직할 뻔했단다. 그런 삶이 나쁘다는 것이 아니라, 엄마가 꿈꾸던 삶의 방향은 아니었거든. 엄마가 살림 밑천의 역할을 던져버리고 공부를 계속하겠다고 맞섰으니, 홀로 세 자식을 키워야 했던 외할머니가 힘드시긴 하셨을 거야.

여자는 살림 밑천으로서의 딸, 남편을 성실히 외조하는 아내, 자식을 잘 건사해 훌륭히 키워내는 엄마로서의 역할을 다 잘 해내야 한다는 생각은 도대체 어디에서 얻었던 것일까?

고민을 결정하는 기준은 너의 행복이길

딸, 네가 보기에 엄마가 그런 역할들을 완벽히 잘 해낼 사람으로 보이니? 당연히 아니지. 그래도 엄마는 어떻게든 해내려고 노력했어. 그래서 너무 힘겨웠던 시기도 있었고. 엄마가 힘드니 엄마를 둘러싼 세계가 힘들 수밖에 없었겠지.

마찬가지로 가부장적인 사회에서 자라난 아빠도 처음엔 잘 몰랐을 거야. 그래도 산 세월이 길어지다 보니 엄마와 아빠는 남자와 여자가 아니라 '인간'으로서 서로를 존중해야 한다는 것을 암묵적으로 배우며 실천해 가고 있단다.

덕분에 주말엔 아빠가 요리 담당이잖니. 이젠

아빠가 엄마보다 더 요리를 잘해서 너희들이 아빠 요리를 더 좋아한다는 것이 약간 샘나긴 하지만, 그런 샘은 얼마든지 기쁜 마음으로 참아줄 수 있단다.

전생에 원수지간이었던 사람들이 부부로 다시 만나진다던데, 부모와 자식은 전생에 어떤 인연이 었을까. 큰딸이었던 엄마에게 온 큰딸인 너는 분명 히 전생의 큰 인연이었을 거야. 그래서 엄마는 더욱 너의 삶에 애착이 가는지도 모르겠어.

엄마는 네가 너의 삶을 주체적으로, 당당하게 살아갔으면 좋겠어. 무슨 일을 하더라도 '여자'니 까, '딸'이니까 라는 생각에 너를 얽매이게 하지 않 았으면 좋겠구나.

결혼도, 출산도 온전히 너와 네가 사랑하는 사 람이 서로를 존중하며 결정할 수 있길 바라. 엄마는 네가 고민하는 결정의 제일 첫 조건이 '너의 행복' 이길 응원할게.

엄마도 늦게라도 그렇게 살려고 노력 중이니까.

3장. 20년 차 교사도 자식 교육은 어렵습니다

70, 80년생 엄마들을 위한 책, 『엄마의 20년』

—아이를 보지 말고, 지금 당장 나부터 잘 살자

"언제가 되었든, 'THE 가치'를 찾기만 한다면, 그런 게 지구상에 있는 줄도 모르고 죽는 부모를 두는 것 보단 자식에게 이득입니다."

—오소희, 『엄마의 20년』 본문 중

인생 책을 만났다.

『엄마의 20년』에 담긴 한 문장, 한 문장은 나에 게 작정하고 들려주는 이야기인 것만 같다. 어렵지 도, 크게 새로울 것도 없는데 마음에 머문 문장들을 옮겨 적은 것이 2페이지 반이 되어 버렸다. 저자의 글은 내 눈을 바라보며, 온기를 가득 담아 조곤조곤 건네는 말 같다.

그중에서 어떤 문장을 골라야 하나, 너무 고민이 될 정도다.

고민하다 고른 윗 문장은 시기를 언급함에 있어 '어느 때가 되더라도(늦은 게 아닌가 고민할 필요 없이)' 괜찮다는 점에서 일단 용기를 주는 말이다. 더욱이 시기보다 중요한, '집중해야 할 것('THE 가치'['나'를 찾아가는 자신만의 가치, 작가의 말]를 찾는 일)'이 무엇인지를 일깨워주는 문장이라 최종 선택한 문장이다.

상당히 오래전에 저자의 책, 『바람이 우리를 데려다주겠지』와 『욕망이 멈추는 곳, 라오스』를 읽었었다. 그때는 저자의 행보가 이렇게 오랜 기간, 지속적으로 이루어지리라고는 미처 예상치 못했다.

커서 기억하지도 못할 3살짜리 어린아이를 데리고 해외여행이라니. 당시 직장과 육아에 지쳐있던 나에겐 그저 팔자 좋은 사람의 신선놀음처럼 보였다. 그래도 아이를 데리고 떠난 여행길이 마냥 부러웠는지 저자의 책을 2권이나 읽었다는 걸, 이 책을 보고야 알았다.

그 책들 뒤에 이어진 저자의 더 큰 인생 행보는 못 보고 그렇게 근시안적으로 살아오다니.

가정에서 부모가 보는 모습과 학교에서 생활하는 자녀의 모습은 다르기 마련이다. 그래서 학교에서 아이들의 담임선생님들과 상담을 하면서 내가 알지 못한 '낯선' 내 아이를 만나면 당황스럽다. 그러다 잠정적으로 내 아이들이 '경쟁'에 취약하다는 결론에 이르렀다. 어떻게 하면 이 입시지옥에서 아이들을 떼어낼 수 있을까, 궁리하기도 했었다.

할 수만 있다면, 뭔가를 끄적거리는 것을 좋아하는 딸과 뭔가를 만들어 내는 것을 좋아하는 아들이 자기들이 좋아하는 것만 하는 세상에 살게 할 수는 없을까 고민해 보기도 했다. 하지만 소망한 대로 이루고 살기에는 이 땅에 메인 게 많은 부모라, 결국은 아이들을 험난한 입시 열차에 올라 태우고 마는구나, 하는 자괴감에 문득문득 괴로워졌다.

비교하지 말아야지, 단단히 마음먹었는데도 아

이가 가져오는 성적표는 금세 마음에 파동을 일으킨다. 아이들을 간섭할 시간에 나를 단련하자고 마음먹었으면서도 아이들의 컴퓨터와 핸드폰 사용 시간을 '점검'한다는 명분으로 '감시'하다 서로의 견해차에 얼굴을 붉히는 일을 만들곤 한다.

이 모든 것이 내 안에 여전히 'THE 가치'가 명확하지 않아서 생기는 일이었구나. 결국 또 돌아볼 것은 아이들이 아니라 나였는데. 작가의 말처럼 그럴 에너지가 있다면 내게 더 써야 했던 것을.

> 나중에 아이가 잘되길 바라기 전에 지금 당장, 나부터 잘 살자.
>
> —오소희, 『엄마의 20년』 본문 중

이해하기 어려운 말은 하나도 없는데 책을 통해 전해오는 메시지는 묵직하다.

결혼과 육아, 자녀의 입시 교육 등 대한민국에서 동시대(70년대생)를 살아내 온 엄마, 여자로서의 고민에 깊이 공감한다. 그러면서도 나와 달리 흔들림이 없는 저자의 단단한 뿌리에 고맙다. 덕분에 큰

ᄊᄊ 3장. 20년 차 교사도 자식 교육은 어렵습니다

용기를 얻었다. 이러저러한 이유로 이생에서는 안 될 일이라고 여겼던 것들의 가장 큰 장애물이, 실은 내 마음이었음을 다시 자각했다.

70, 80년생 여성들의 '가장 중요한' 특징이 '교육'이라는 작가의 가르침에 신선한 충격을 받았다.

이 세대 여성들이 대한민국 여성사에서 할머니 세대는 못 받고, 어머니는 소수만 받은 고등 교육을 '대거' 받은 최초의 여성 세대라니. 이 세대부터 '지성'은 더이상 남성들만의 전유물이 아니게 되었고, 그동안 공고하게 유지되었던 남성 중심사회인, '남자판'에 최초로 던져진 세대라니. 내가 속한 세대에 대해 이렇게나 몰지각했을 수가 있었을까.

그동안 직장과 가정에서 치른 투쟁(?)의 역사가 어디에서 근거했는지 명쾌하게 이해되는 순간이었다. 어머니 세대 때는 참고 넘어갔던 일들을 왜 나는 그렇게 참아내기 불편했던가. 그것은 어머니 세대와는 다른, '지성'을 장착한 나의 세대가 교육의 결과로 '견해'를 가지게 되었기 때문이라고, 비로소 설명이 되는 것이었다.

이전의 마을공동체 사회에서 함께 키워내던 육아가 오롯이 여자의 몫이 된 불편한 진실에도 정확한 원인을 모르고 살았다. 빨리 이 시기가 지나가기만을 바라면서도 책상머리에서 공부하던 습성으로 홀로 육아를 입시 공부처럼 해 오지 않았던가. '최고'가 아니면 '최선'이라도 되어야 할 것처럼 몸부림치면서 말이다.

아이가 스스로 걷기만 하면, 자기 의사를 말로 표현하기만 하면, 먹을 것을 스스로 찾아 먹을 수만 있으면……. 그렇게 스스로 자아실현의 기회를 지속적으로 유예하다 아이의 중고등학교 시기를 맞이하면 더 당황스러운 상황과 맞닥뜨릴 수밖에 없다는 것을 모른 채.

유리 천장을 뚫기 어렵다고 불평만 했지, 입시 중심사회라는 전쟁터의 최전방에서 유혈 전투까지 벌일 각오를 불사하는 스스로가 남성 중심사회를 얼마나 더 견고하게 하고 있는지도 깨닫지 못한 채.

입시 중심사회에서 아이를 명문대학에 보내는 일을 나의 성공으로 동일시하다가는, 영원한 조연으로 살아온 삶이 허무하게 여겨지는 자각의 시기를 맞게 될 거라는 생각에 막연히 두려워하면서.

—대한민국 엄마들은 왜 "나를 찾고 싶다"고 할까요?
—우리가 이 남성 중심 사회에 균열을 낼 수 있을까요?
—우리가 이 입시 중심 사회에 균열을 낼 수 있을까요?

작가가 이야기를 시작하며 던진 이 세 가지 질문에 대한 답을 찾아가기 위해 내딛는 한 걸음, 한 걸음은 명쾌하고 유쾌하다. 답정너로 길들여진 대한민국 여성에겐 '누군가를 실망시키는 것도 하나의 능력'이라는 말에 위로와 격려를 동시에 받는다. 뚜벅뚜벅 걸어가도 된다고 토닥여주는 손길에 읽는 내내 자주 따뜻해진다.

자식을 부모의 자랑거리로 삼으려 하지 말고, 어떻게 하면 부모가 자식들의 자랑거리가 될 것인지를 고민하라고 하였다.

언제가 되었든, 'THE 가치'를 찾는 일이 급선무다. 내 자식에게 그런 게 지구상에 있는 줄도 모르고 죽는 부모라면 많이 부끄러울 일 아닌가.

3장. 20년 차 교사도 자식 교육은 어렵습니다

'만년' 2학년 담임이어도 괜찮아

"누나, 나이가 몇이지?"

모처럼 한자리에 마주한 막냇동생과 이런저런 이야기를 나누던 중, 동생이 내게 물었다.

(남)동생은 조금 늦은 결혼과 자녀 출산으로 인생의 이모작을 열심히 꾸려 가는 중이다. 삼 남매 중 누이들도 30 넘어서 결혼했으니 남자 나이로 그리 늦은 나이는 아니었다. 그렇지만 남성 위주의 사회, 문화 속에 성장해 40대를 맞이한 한국 남자이다 보니 생각이 많아지나 보았다. 큰누나 정도의 나이

쯤 되면 자신은 어떤 모습이어야 할지 머릿속에 그려보는 모양이었다.

결핍 속에 오는 치열한 각성의 시기는 사람마다 때를 달리해 찾아온다. 정도의 차이는 있겠지만 한 개인의 역사에서 이전의 자신보다 더 어른이 되는 시기는 분명히 맞이한다. '어떤 어른'의 모습이냐는 각 개인이 그리는 삶의 궤적과 지향하는 가치에 따라 달라지겠지만 말이다.

우리는 누구나 생의 롤모델을 찾는다. 어릴 적에 본 위인전에서, 학창 시절을 지내온 친구 중에서, 가족 일원이나 직장에서 만난 유능한 선배에게서 발견했을 수도 있다.

동생은 그 롤모델을 마지막 경우에서 찾은 듯하다. 동생의 회사에서 새로 부임한 사장이 내 나이라고 했나, 한 살 더 적다고 했나. 50이 되기도 전에 한 집단의 '장'이 된 그 사람이 동생 눈에는 최고 '유능한' 사람이었나 보다. 그래도 그렇지, 누나 나이를 물으며 직접 비교하는 것은 좀 치사한 일이다.

에필로그

어른이 되다, 말다, 하는 50 직전 '어른이'인 난 동생의 질문에 당황스러웠던가, 뿔이 났던가.

"(기업에 다니는 사람이) 선생하고 같아?"

내 대답이 좀 까칠하게 튀어 나갔나 보다.

"그럼, 뭐, 곧 교감, 교장 되는 거냐?"

는 동생의 추가 질문에 나는 얼른 할 말을 찾지 못했다.

동생은 20년이 넘도록 '평'교사로 남아있는 내가 좀 부족해('무능해'가 더 적당하려나) 보였을지도 모르겠다. 그래도 나이 차가 많이 나 업어 키우다시피 한(?) 막냇동생에게 내 삶의 역사가 평가절하된다면 썩 유쾌한 일은 아니다.

끝임없이 변화를 모색하는 사람이 각광 받는 시대, 부캐의 전성시대다. 그래서인지 오랜 세월, 한 자리에 머물며 같은 역할을 수행하는 사람들이 누군가에게는 답답해 보이나 보다. 평생 한자리를 지켜내는 사람이 누군가의 눈에는 '고인 물'처럼 보일지도 모르겠다.

그러나 삶이 어찌 고여있을 수만 있겠는가. 살다 보면 자신의 의지와는 다르게 엉뚱한 방향으로 흘러가기도 하는 것이 삶인 것을. 어깨에 잔뜩 힘을 주고 살아가다 어느 시기, 어느 계기로 새로운 생의 전환점을 맞기도 하지 않던가.

누군가 답답할 정도로 우직하게 자리를 지키고 있다고 해서 그(녀)의 역사가 멈춰 있는 것은 아니다. 드글드글 끓던 생을 관통하다 만난 수많은 관계 속에서 생의 방향이 달라졌을 수도 있다. 삶의 다른 가치를 발견했을 수도 있다. 누구도 한 개인의 삶을 섣불리 재단해서는 안 되는 이유이다.

오래 한 자리를 지키는 동안 더 단단해지고 더 깊어지기를 소망한다. 처음엔 그다지 별 볼 일 없던 돌멩이가 세월의 흐름 속에 계속 단단해져 다이아몬드가 되어 스스로 빛나기를. 만년 2학년 담임이라도 '어제보다는 오늘 조금 더 나은' 선생이기를. 잔망스러운 부캐보다는 우직한 본캐로 타고난 미완의 모습을 완성해가기를. 온갖 번잡한 것들로 시

에필로그

끄러운 세상에서 단단히 중심을 잡고, 느리더라도 끊임없이 정진하기를 소망한다.

본캐가 2학년 담임입니다

정혜영 지음

발 행 처 · 도서출판 청어
발 행 인 · 이영철
영   업 · 이동호
홍   보 · 천성래
기   획 · 남기환
편   집 · 방세화
디 자 인 · 이수빈 | 김영은
제작이사 · 공병한
인   쇄 · 두리터

등   록 · 1999년 5월 3일
(제321-3210000251001999000063호)

1판 1쇄 발행 · 2021년 7월 30일

주   소 · 서울특별시 서초구 남부순환로 364길 8-15 동일빌딩 2층
대표전화 · 02-586-0477
팩시밀리 · 0303-0942-0478

홈페이지 · www.chungeobook.com
E-mail · ppi20@hanmail.net
I S B N · 979-11-5860-960-3(03810)